大家小书

楚辞讲录

姜亮夫 著

北京出版集团
北京出版社

图书在版编目（CIP）数据

楚辞讲录 / 姜亮夫著. — 北京 : 北京出版社，2022. 8

（大家小书）

ISBN 978-7-200-16324-7

Ⅰ. ①楚… Ⅱ. ①姜… Ⅲ. ①楚辞研究 Ⅳ. ①I207.223

中国版本图书馆CIP数据核字（2021）第010623号

总 策 划：安 东 高立志　　责任编辑：王铁英 陈 平

责任印制：陈冬梅　　责任营销：猫 娘

装帧设计：金 山

· 大家小书 ·

楚辞讲录

CHUCI JIANG-LU

姜亮夫 著

*

北京出版集团
北京出版社 出版

（北京北三环中路6号 邮政编码：100120）

网 址：www.bph.com.cn

北京出版集团总发行

新华书店经销

北京华联印刷有限公司印刷

*

880毫米×1230毫米 32开本 7.5印张 100千字

2022年8月第1版 2023年6月第2次印刷

ISBN 978-7-200-16324-7

定价：45.00元

如有印装质量问题，由本社负责调换

质量监督电话：010-58572393

总　　序

袁行霈

“大家小书”，是一个很俏皮的名称。此所谓“大家”，包括两方面的含义：一、书的作者是大家；二、书是写给大家看的，是大家的读物。所谓“小书”者，只是就其篇幅而言，篇幅显得小一些罢了。若论学术性则不但不轻，有些倒是相当重。其实，篇幅大小也是相对的，一部书十万字，在今天的印刷条件下，似乎算小书，若在老子、孔子的时代，又何尝就小呢？

编辑这套丛书，有一个用意就是节省读者的时间，让读者在较短的时间内获得较多的知识。在信息爆炸的时代，人们要学的东西太多了。补习，遂成为经常的需要。如果不善于补习，东抓一把，西抓一把，今天补这，明天补那，效果未必很好。如果把读书当成吃补药，还会失去读书时应有的那份从容和快乐。这套丛书每本的篇幅都小，读者即使细细地阅读慢慢地体味，也花不了多少时间，可以充分享受读书的乐趣。如果把它们当成补药来吃也行，剂量小，吃起来方便，消化起来也容易。

我们还有一个用意，就是想做一点文化积累的工作。把那些经过时间考验的、读者认同的著作，搜集到一起印刷出版，使之不至于泯没。有些书曾经畅销一时，但现在已经不容易得到；有些书当时或许没有引起很多人注意，但时间证明它们价值不菲。这两类书都需要挖掘出来，让它们重现光芒。科技类的图书偏重实用，一过时就不会有太多读者了，除了研究科技史的人还要用到之外。人文科学则不然，有许多书是常读常新的。然而，这套丛书也不都是旧书的重版，我们也想请一些著名的学者新写一些学术性和普及性兼备的小书，以满足读者日益增长的需求。

“大家小书”的开本不大，读者可以揣进衣兜里，随时随地掏出来读上几页。在路边等人的时候，在排队买戏票的时候，在车上、在公园里，都可以读。这样的读者多了，会为社会增添一些文化的色彩和学习的气氛，岂不是一件好事吗?

“大家小书”出版在即，出版社同志命我撰序说明原委。既然这套丛书标示书之小，序言当然也应以短小为宜。该说的都说了，就此搁笔吧。

楚辞研究史上的姜亮夫先生

方 铭

姜亮夫（1902—1995），云南昭通人，1921年考入成都高等师范学校国文部，在校期间，中国共产党的元老吴玉章曾于1922年至1924年任成都高等师范学校校长。1926年，姜亮夫先生进入清华学校的国学研究院，师从梁启超、王国维、陈寅恪、赵元任等国学大师，1928年毕业，毕业论文《诗骚连绵字考》着眼于语词分析，大体属于小学研究范畴，虽然不能算真正意义上的楚辞研究，但这种研究路径对姜亮夫先生以后的楚辞训诂研究的视角有较大影响。清华学堂于1911年开学，1912年更名为清华学校，1925年增设大学部和国学研究院，1928年清华学校更名为清华大学，1929年国学研究院就此终结了。姜亮夫先生在国学研究院成立一年后入校，毕业一年后国学研究院就关门了。从清华大学国学研究院毕业后，姜亮夫先生曾先后在南通、无锡等地的中学任教，后又进入无锡国学专修学校，师从章太炎、钱基博等国学大师。曾任北新书局编辑，并先后在大夏大学、暨南大学、复旦大学、河南大学任教。1935年赴法国巴黎进修敦煌学，1937年回国，先后在东北大学、西北大学任教。1940年以后任云南大学、昆明师范学院（今云南师范大学）、国立英士大学（1950年解散）教授。1949年5月任云南省教育厅厅长，1950年3月云南省军政委员会成立，姜亮夫先生任云南省军政委员会文教处处长。1950年至1952年在云南革命大学高级研究班学习，然后进入云南博物馆工作。1953年任浙江师范学院（杭州大学前身）中文系教授、主任，古籍研究所所长。

姜亮夫先生是20世纪中后期著名的楚辞学研究专家，同时在敦煌学、文献学研究领域也有重要著述。1985年前后，姜亮夫先生曾经参与成立中国屈原学会的有关事务，并担任中国屈原学会名誉会长。他的第一部屈原及楚辞研究著作《屈原赋校注》1957年由人民文学出版社出版。嗣后，1981年在北京出版社出版了《楚辞今绎讲录》，1984年、1993年在上海古籍出版社先后出版了《楚辞学论文集》《楚辞书目五种》，1985年在齐鲁书社出版了《楚辞通故》，1999年在云南人民出版社出版了《屈原赋今译》等著作，涉及楚辞书目和文献整理及研究等内容，《楚辞讲录》即《楚辞今绎讲录》的修订稿。

一

以屈原为代表的楚辞作家创作的楚辞作品，是战国至秦汉时期中国文学史上瑰丽的文化遗产。屈原及其作品产生以后，屈原及楚辞的研究就开始了，到今天，屈原及楚辞研究已经有两千三百多年的历史了。屈原及楚辞研究历史之悠久，在中国所有的学术研究中，也只有孔子及经学研究的历史长度可以超越它。已故中国屈原学会会长、北京大学教授褚斌杰先生在分析屈原及楚辞研究发展、繁荣持久的原因时指出，屈原及楚辞研究不仅仅是个人的学术兴趣，“更主要的乃是千百年来人们对屈原及其作品的研究和探索，是作为人格理想的追求和完善，是作为民族精神的发掘和发扬来对待的”[①]。这个特点说明屈原及楚辞研究，不仅仅局限在文学或者历史研究等领域，同时，也是以孔子和经学为核心的中国传统思想和文化研究的重要组成部分。也正因此，屈原及楚辞研究的历史广度和深度，也仅仅次于孔子及经学研究的广度和深度。也就是说，从事屈原及楚辞研究的学者的目标，不仅仅局限在历史的重现和

---

① 褚斌杰：《屈原研究》，湖北教育出版社，2003年8月版。

复原这一基本学术目的，同时也着眼于中国思想文化今天和未来的建设和重构。

两千多年来的屈原及楚辞研究，如果用线条划分，大体可以分为两个阶段，即自汉初至清末的古典屈原及楚辞研究阶段，以及20世纪的现代屈原及楚辞研究阶段。古典屈原及楚辞研究阶段体现的是中国本土学术研究的方法和价值判断，而现代屈原及楚辞研究体现的则是西洋视野和中国本土学术精神结合的研究方法和价值判断。在古典屈原及楚辞研究阶段，我们还可以再区分为两个阶段，即屈原事迹网罗及楚辞收集整理阶段和屈原及楚辞文献诠释阶段，这两个阶段划分的标志性人物是刘向，标志性事件是他完成了《楚辞》的编辑。

在20世纪以前的两千余年屈原及楚辞研究史上，涌现出了大量优秀的研究者，也产生了大量具有重要学术价值的学术著作，这是楚辞学研究不断深入的历史见证，也为20世纪楚辞学的进一步深入发展奠定了坚实的基础。辛亥革命以后，随着分科之学在中国的大学逐渐占有了统治地位，中国的政治、经济、文化制度以及日常生活、服饰等生活习俗都有了巨大变化，学术研究当然也深受西方价值和方法的影响，因而使20世纪的现代屈原及楚辞研究与20世纪以前的研究有了很大的差异。

20世纪开始的现代屈原及楚辞研究，以1949年为界，1949年以前为第一阶段，1949年以后为第二阶段。而第二阶段又可以1977年为界，1949年至1976年为第一时期，1977年及以后为第二时期。当然，第二时期的屈原及楚辞研究还在持续发展之中。

为学术研究分期，实际上是一件很困难的事情，我们在这里的区分，只是表明不同阶段的侧重点可能有不同，但并不一定有截然的研究鸿沟。实际上，对屈原事迹的网罗和对楚辞的收集整理、对楚辞文献的诠释、对楚辞的综合研究，在每一个阶段，都是可以很容易找到个案支持的。所谓你中有我，我中有你，特殊性和普遍性交织，是屈原及楚辞研究历史广泛性和深刻性的重要体现。

二

20世纪最早体现新楚辞学的著作，应该是王国维于1906年在《教育世界》总第140期发表的《屈子文学之精神》一文。王国维虽以清朝遗老自居，但却有典型的维新派的眼界，学兼中西，主张世界文化发展一体化之精神，欲融合中西学，所以他的研究必然具有20世纪的时代特征。《屈子文学之精神》从南北地域的不同解释南北文化的不同，由南北文化的不同解释楚辞的独特性，以“屈子南人而学北方之学者也”来解释屈原作品的伟大成就。

20世纪初期，随着考古学的传入，以及辛亥革命带来的价值观的革新，一些具有浓厚怀疑精神的学者对屈原及楚辞提出了质疑，这些质疑主要集中在屈原是否真实存在、屈原精神是否具有价值等方面，如有学者认为屈原是传说中的人物，是否真实存在，是秦人楚人，皆为不定之事；也有人认为《史记·屈原贾生列传》并不可靠，甚至可能是刘向杜撰的，并怀疑西汉时期所有涉及屈原事迹的文献（包括贾谊、淮南小山、东方朔等人的作品），认为屈原并没有作过《离骚》，《离骚》为秦博士之《仙真人诗》，或者为淮南王刘安所作。这些怀疑派的代表人物是清末民初的四川大儒经学家廖季平，以及20世纪40年代就学于复旦大学，后来成为著名的良渚文化考古学家的何天行等人。1922年，胡适在《努力周报》增刊《读书杂志》第1期发表《读楚辞》一文，认为《史记》本来不可靠，而《屈原贾生列传》尤其不可靠，且叙事不明，并认为屈原这样的忠臣在汉以前是不会出现的，传说中的屈原是根据一种“儒教化”《楚辞》解释出来的。胡适还认为《楚辞》不是一人一时所作，《天问》“文理不通，见解卑陋”，《九歌》与屈原的传说绝没有关系，《楚辞》的注家唯朱熹敢于反对汉儒，略有可取。胡适认为应该纠正《楚辞》久被“酸化”的研究史，认为只有推翻屈原的传说，进而才能推翻《楚辞》作为“一部忠臣教科书”的不幸历史，然后可以“从《楚辞》本身上去寻出它的文学兴味来，然后《楚辞》的文学家之可以有恢复的希望”。

胡适的观点，首先遭到了他在北京大学的年轻学生陆侃如的反对，《读书杂志》第4期发表了陆侃如的《读〈读楚辞〉》一文，认为《史记·屈原贾生列传》虽有后人增补，但基本可靠；指出屈原的忠君观念在先秦是可能存在的，科学的批评应该注意时代思潮，但时代思潮不能限制个别旁逸斜出的天才；《离骚》也决非秦汉以后的作品。陆侃如还于1923年3月在《学灯》杂志发表了《屈原生卒考证》一文，并在上海亚东图书馆出版了《屈原》一书。《屈原》一书包括两万字的《屈原评传》《屈原集》《附录》三部分，《屈原评传》分为任职与去职，初放与遇罚，再放与自沉，余论、屈原年表等，《序例》说明写该书是因为过去对于作品的真伪及时代不大注意，所以他要纠正这个错误。陆侃如反驳了胡适的屈原否定论，说明屈原真有其人；对屈原的作品进行了甄别，认为屈原的作品可以相信的有十一篇；讨论了《离骚》的特点，认为《离骚》的体裁是自传体，是人格化的作品，充满了神话色彩；同意《九歌》非屈原作品的看法，但认为胡适对《天问》的批评太过于草率，他认为《天问》意义将来可能明了，但《天问》作为诗却显“拙劣”，不能算文学作品。

1922年11月3日，梁启超在东南大学文哲学会上发表了《屈原研究》的讲演，该讲演刊布于同年11月18日至24日的《晨报副镌》上。后来这篇讲演收入《饮冰室文集》之中。《屈原研究》全部内容分为七部分，分别为考察屈原的历史及游历、楚辞产生的背景、屈原的思想、屈原的政治斗争、屈原对社会和人民的热爱、屈原的生死观、屈原的艺术特点等。作者认为，屈原是中国文学史上第一个文学家。认为哲学的发展必然带来文学的繁荣，楚国由蛮夷而沐华夏文明，旧有的巫风和神秘意识与中原伦理文化结合，屈原感受到了华夏文明与楚国旧有文化的冲突，但受齐文化的影响，加之他的隐居生活，历史、地理、自然、个人身世经历等诸多因素结合起来，而形成“楚辞”这种新体制。作者认为，屈原思想中极高寒和极热情部分的结合，是导致屈原自杀的根本原因。屈原具有改革政治的热情，又热爱人民，热爱社会，他以其自杀，表现出对社会、对祖国的同情和眷恋，而又不愿意向黑暗势力妥协的决心，因此，屈原的自杀使他的人格和作品更加光耀。作者还认为，屈原作品的巨大篇幅，是在体制上成为诗歌的空前著作，更兼有缠绵悱恻、一往情深的特点，《诗经》是写实感，《楚辞》则有“想象力”、有“感情”，是“浪漫式”的作品，是可以和但丁的《神曲》进行比较的伟大作品。

廖季平的同乡谢无量所撰《楚辞新论》一书于1923年由商务印书馆出版，该书分绪论、屈原历史的研究、楚辞的篇目、《离骚》经新释、屈原的思想及其影响、《楚辞》评论家之评论等六章。作者提出应该用南北不同的文化传统来理解《楚辞》与《诗经》的不同特点，《楚辞》文句参差，章节任意变化，无“风”“雅”“颂”，无王者之化、后妃之德，尊重超人间的想法，露才扬己，显暴君过，创新，刚性，自决，不敬天，居然问天，其神亦为江妃山鬼这些特点，与《诗经》不同，原因在于《楚辞》以南方文化传统为依托。作者认为，从社会感情及心理状态而言，当楚灭亡时，可能会出现屈原这种产生狂激爱国心理的人；楚国产生了老庄这样的思想家，必然会出现屈原这样的诗人；屈原的作品引起大量仿效，因而不可能没有其人；作者认为《史记·屈原贾生列传》是可靠的，《汉书·艺文志》所谓屈原赋二十五篇的数量是可靠的。该书还探讨了屈原的爱国思想和超人间思想的来源，肯定屈原的精神及《楚辞》的艺术魅力，认为历代的楚辞学家“大半与屈原同床异梦”。

三

20世纪初期的楚辞学研究，1930年北新书局出版的游国恩先生所著《楚辞概论》一书最具体系。1929年以后，姜亮夫先生曾任北新书局编辑，一定受到了这部著作很深刻的影响，因此，几十年后，在《楚辞书目五种》中，高度评价《楚辞概论》“分论《楚辞》，极为全面”[①]。

游国恩先生北京大学的同学陆侃如先生在《楚辞概论·序》中说，《楚辞概论》“可算是有《楚辞》以来的一部空前的著作，不但可供文学史家参考，且为了解《楚辞》的捷径了”，又说，“这书最大的特点，是把《楚辞》当作一个有机的整体，不但研究它本身，还研究它的来源和去路。这种历史的眼光，是前人所没有的”。鲁迅于1926年编写《汉文学史纲要》时，即把该书确定为“屈原与宋玉”一节的参考书。后来郭沫若在撰写《屈原研究》时也曾多次对该书予以褒奖。

游国恩先生一生致力于屈原及楚辞研究，在屈原事迹钩沉

① 姜亮夫：《楚辞书目五种》第三《评论类》，上海古籍出版社，1993年2月版。

和楚辞文献整理方面贡献巨大，同时对建立20世纪的楚辞学研究体系有奠基之功。对此，李中华、朱炳祥在他们所著的《楚辞学史》一书中认为，游国恩先生“对《楚辞》产生及内在思想的考察是全面与深入的，已上升到历史理性的层面”[①]。这个评价是恰当的。

四

1949年以后，中国发生了巨大变化。这种变化给学术研究带来巨大的影响。大部分学者主张把1949年以后的屈原与楚辞研究以1977年为分界线，但是，考虑到某种研究风格的变化，总有一个缓慢的过程，我们在分期的时候，应该重视的是带来这种缓慢变化的标志性事件，而不是仅仅关注这种变化的最终完成。1976年结束了“文化大革命”，最近四十多年文化和学术的变化，无不是从“文化大革命”结束后开始的。因此，把1977年作为屈原及楚辞研究的一个新阶段的开始，无疑是合适的。

1953年世界和平理事会确定屈原为世界四大文化名人之一，中国学术界也掀起了研究屈原的高潮，其中主要的论文都

① 李中华、朱炳祥：《楚辞学史》，武汉出版社，1996年版。

收集在1957年作家出版社出版的《楚辞研究论文集》之中，该论文集中最重要的文章是讨论屈原的爱国主义和人民性的问题，如郭沫若的《伟大的爱国诗人——屈原》、郑振铎《纪念伟大的诗人——屈原》、唐弢的《人民的诗人——屈原》、褚斌杰《屈原——热爱祖国的诗人》、陆侃如《屈原——爱祖国爱人民的伟大诗人》、李易《爱祖国爱人民的诗人屈原》等，另外，还有讨论屈原现实主义，屈原的阶级出身、政治地位问题的一些论文。

由于屈原被确认为爱国主义诗人和人民的诗人，郭沫若、闻一多、游国恩、刘永济、姜亮夫、林庚等人研究屈原及楚辞的著作也得以出版或者重印。随着文化普及运动的开展，如陆侃如和高亨等人合作编选了《楚辞选》，马茂元也有《楚辞选》问世，而在古籍刊行社担任编辑工作的湖南籍学者文怀沙则试图把屈原的作品翻译成白话文。所有这些工作，既代表了主流意志主张普及屈原及楚辞作品的愿望，也为非专业研究者对屈原及楚辞的学习提供了一个简易的平台。姜亮夫先生的《屈原赋校注》也正是应这一时期的学术热点而完成的。这些著作的出版对屈原及楚辞研究的普及与提高有重要意义，也对20世纪80年代以后涌现出大批屈原及楚辞研究者有重要意义。是屈原成为世界和平理事会确认的世界文化名人促进了意识形态领域对屈原和楚辞研究的重视，是屈原及楚辞著作的大量出版培养了20世纪80年代以后的一代学人。

五

在经过了漫长的学术动荡以后，屈原及楚辞研究仍然需要回到以往的学术轨道上，因此，培养一批屈原及楚辞研究的接班人，就变得尤其重要。1979年，教育部委托时任杭州大学教授的姜亮夫先生举办一个楚辞进修班，共有十二位高校从事中国古代文学教学的讲师参加了这次进修班，进修班结束以后，由部分进修教师整理了讲稿，并以《楚辞今绎讲录》的书名于1981年由北京出版社出版。这本书也是20世纪80年代较早出版的楚辞研究著作。

姜亮夫先生曾受教于梁启超、王国维等人，而梁启超、王国维等人在20世纪楚辞学研究领域都是开一时风气的人。陆侃如先生于1920年进入北京高等师范学院学习，1922年考入北京大学，1924年从北京大学毕业，是清华国学研究院的第一届学生，是姜亮夫先生的学长。陆侃如先生在大学一年级的时候就出版了《屈原》一书，大学毕业以后又出版了《宋玉》一书。楚辞学专家谢无量还是姜亮夫先生在成都高等师范学校上学时的校长吴玉章的同乡友人，因此，1950年吴玉章担任中国人民大学校长，1956年已经年逾古稀的谢无量从四川调来北京，担任中国人民大学教授，直到1960年被聘为中央文史研究馆副馆长。姜亮夫先生的师承关系中，与楚辞有着密切的关系，因此，姜亮夫先生由小学、敦煌学转入楚辞学研究，应该是水到渠成的事情。

《楚辞讲录》第一讲为“怎样研究楚辞”，第二讲为“读书与写作”，介绍了十余种楚辞研究史上重要的研究著作，第三讲为“楚辞的源流、系统”，第四讲为“研究楚辞的方法”，第五讲和第六讲为“屈原事迹”，第七讲至第十一讲为屈原作品讲解，第十二讲和第十三讲分别讨论屈子的思想和楚辞作品的艺术特色。虽然姜亮夫先生和游国恩先生对于屈原及楚辞的认识不尽相同，研究重点也有很大差异，但《楚辞讲录》无疑是继承了《楚辞概论》和《屈原》两书的基本体例，又针对听讲者的需求加入了如何研究楚辞及楚辞研究书目的内容。《楚辞讲录》作为一本楚辞研究者的入门教科书，体现了20世纪构建的新楚辞学的学术框架，比较系统地呈现了20世纪80年代以前屈原及楚辞研究的方法和成就，并对20世纪80年代以后的楚辞学研究者有重要的指导意义，同时，也是今天广大楚辞爱好者理解屈原和楚辞、了解屈原及楚辞研究史的重要参考书。

1977年以来的四十余年的屈原及楚辞研究，主要集中在楚辞文献整理、楚辞文本研究、屈原及楚辞的文化研究、屈原及楚辞的接受研究四个方面，并取得了重要成果。这一时期也成为屈原及楚辞研究史上最繁荣的时期，不仅因为这一阶段研究者的数量是过去两千余年任何四十年都无法相比的，也因为这一阶段的研究成果众多，更重要的是，这个阶段的相关研究，既体现了对古典屈原及楚辞研究的重视，又体现了现代屈原及楚辞研究的学术眼界和学术态度，无论是20世纪前期和中期的游国恩先生，还是20世纪中后期的姜亮夫先生，都是其中杰出的代表。

目 录

序

1979年我接受教育部要我培训全国重点大学讲师以上的楚辞进修生的指示，我觉得这是一个非常重要的学术研究任务。我即使缺陷很多，尤其是健康的缺陷，可能努力也不行，但我一直考虑：八十岁了，我对国家民族文化出了些什么力？这也许是我最大的一次耕耘，便打点精神、制订计划、准备参考书、拟定教学大纲，用全力来完成这一任务。9月初，十二位同志到齐了。开始，讲了一点研究方法，随即投入正文讲授及个别辅导，每周讲两次，进行了七周，即现在本书的前七讲。到10月27日我遭小劫“休克”以后，还有脑震荡、尾骨骨折等病症，课程暂停。十二位同志仍返原校授课，延期到今年4月1日复学。经过研究，把上课时数减少；辅导专书、自修加重。今年4月至7月共做了六次报告，上了十二周课，每周一次。

但从全部课程的计划来说，实践证明，单独靠讲解是不可能完成任务的。后来把讲授方法改变了一下，采取讲授与大量印发讲义相结合，讲授更注意系统、概括，而用讲义来补充具体证据及论证资料，这样才讲下来的。最后，由同学们记录出原文，分别整理，并由女儿昆武来加注语，以补缺憾，综合而成这样一个通论式的小书。

由于前后讲授方法有异，所以这个本子中前七讲与以后的体例不完全一样，因而我重校时又稍稍平衡了一下。这书稿是十二位同志的记录，多少有些方音方言的遗迹，所以文风也不一律，这是一个有意思的差别。我有意保留了这些差别。

现在看来，这一段工作缺点还不少，而我自己的最大问题是年事太高，一个人赤手空拳、单枪匹马，是不成的，不服老也得服老。看来此后要十分注意条件，“工欲善其事，必先利其器”，“天时不如地利，地利不如人和”，努力争取“地利”与“人和”吧！

这次讲授是在我的《楚辞通故》及《楚辞学论文集》成书之后，故许多论点与例证，都取于此两书，大概一年之内这两书都可以发行，可以互参，则此书又可作为两书的概括，不过《楚辞通故》分量太大，《楚辞学论文集》则是综述性质的，对教学与一般科研，仍以《屈原赋校注》为便。这书在日本，中国台湾、香港都大量翻印，国内尚求之不可得，但相隔达五十年的书，有很多地方为我所不满意，近年来稍加重订，与此册关系较切近。这书大概也将修订重印。

我一生治学太杂，我想楚辞之学应结束了，腾出精力，照顾到其他已得资料的研究，若再来一个“新探”“新注”之类，怕难免于狂怪了！

十二位同志，每讲都为我录音，并抄正交我，这种为学的热情，是令人十分高兴的，所以把他们的名字也都留在每讲之后。这学期辽宁师范学院的曲宗瑜老师来杭州大学进修，又协助我工作，这稿子她从头细校过，这是应当感谢她的，协助的朋友还多，兹不一一申谢了。

亮夫

1980年9月于道古桥宿舍北窗下

第一讲　怎样研究楚辞

今天和大家初次见面，主要谈谈楚辞班的学习计划。教育部委托我们办这个班，我感到很高兴、很荣幸，使我增加了不少朋友。

大家都是从事古典文学教学工作多年的中年教师，来自全国各地，而且多是来自重点大学。我比大家年纪大点而已[①]，我们的关系应当是朋友、同志。

我对楚辞也还有许多未弄懂的东西。因为研究楚辞需要各方面的知识，不单是社会科学的知识，自然科学的知识也需要。如楚辞中的“兰”[②]，究竟是兰花还是兰草？过去我不清楚，现在才比较明白了。又如“机辟”[③]，究竟是什么东西？从出土文物看，才知道这是弩机，近年来在湖北、湖南、云南一带出土的文物中就有弩机。

关于学习计划，谈几点意见：

一是要综合研究楚辞。综合研究这路子是不错的，而根本问题仍在于语言与历史两事[④]。过去搞楚辞的人，对语言不够重视，尤其是音韵学，没有真正掌握语音规律。有些人的研究成果，尽管有许多可取之处，但如果用音韵学来衡量，有些地方就会闹笑话[⑤]。在古汉语方面，当今的研究，多未跳出马建忠语法方面的范围[⑥]和高本汉语音词汇方面的范围。不过高本汉的研究是有其特点的[⑦]，在文字方面，则成就较少，我们得追索到甲骨金文，才能穷源[⑧]。凡此种种我们应急起直追，要超过前人和外国人。

二是要从历史方面进行研究。从历史的角度去研究屈原的，过去的成绩也很多，我比较欣赏詹安泰写的《屈原》，他在这方面的研究很细心，而且材料掌握与分析都表现出一种客观的负责的态度。工作刚刚开始，没继续搞下去，就去世了，很可惜。[⑨]对楚国的历史，我是很重视的。楚国有自己的史籍[⑩]，有自己的特点[⑪]。如“庚寅”，是楚国的大吉日。所以研究楚辞，还要懂得民俗学[⑫]。

三是研究楚辞还要了解各种社会科学。譬如，我本来想介绍摩尔根的《古代社会》给大家看，但这书难读。故介绍恩格斯的《家庭、私有制和国家的起源》给大家读。[⑬]法国人毛根写了本《史前人类》，也可参考。总之，我们研究楚辞，也应当接触全部社会科学的东西。以后我们还会随时随地用些例证来说明，请诸位看看我的《楚辞通故·自序》[14]一文，可得较详的了解。

林维纯　整理

【注释】

① 楚辞进修班同志，共十二人，都来自重点大学：四平师范学院、辽宁大学、南开大学、西北师范学院、兰州大学、青海师范学院、武汉大学、上海师范大学、暨南大学、贵阳师范学院、云南大学、昆明师范学院等古典文学骨干教师。年龄最大的六十二岁，最小的三十六岁，全部是讲师级。有的现任副系主任、教研室主任等职，有的是学报负责编辑。从去年9月入学，上了两个月的课，因教者被小偷刺伤停课，同志们各返原校，到今年4月1日复课，大家又全部回杭。而且大多数在原校正在“工调”（调整工资、职称、房子等）的时候，不顾个人名利，断然返杭，这种认真学习业务的精神是非常可贵的。

② 《楚辞》中的“兰”字，约有八种含义：一指兰花。二指用兰花装饰的礼神及芳洁的物器。三指种兰之地。四指用木兰做成的宫室、舟车等器用，亦省称兰。五借喻楚国的贵胄子弟。六由贵胄子弟

而隐喻当时在位的有权势之人。七为门前的兵器架阁，当为“栏”的借字。八“兰”“蕙”是两种芳草，不可合而为一。兰是一干一花，蕙是一干而有五七朵花。王逸注《楚辞》兰花的“兰”字，皆曰香草而未分品类。事实上《楚辞》之称“兰”有春兰、秋兰、石兰、木兰、泽兰、幽兰等差别，又多与蕙、芷、椒等芳草连文，其中如“纫秋兰以为佩”之“兰”，颜师古云：“兰即今泽兰。”《本草纲目》注云：“兰草、泽兰二物同名，兰草一名水香。”洪补云：“泽兰如薄荷，微香，荆湘岭南人家多种之，此与兰草大抵相类。但兰草生水傍，叶光润，尖长，有歧阴，小紫花，红白色而香，五六月盛开，而泽兰生水泽中及下湿地，苗高二三尺，叶尖微有毛，不光润，方茎紫节，七月八月开花，带紫白色，此为异耳。”

总之，《楚辞》中的“兰”字的实义及品种当据不同用处定之。详参教者《楚辞通故》第三辑博物部“兰”字条。

③ 机辟即机臂。《楚辞通故》“机臂”条云：“机即几的后起字，本为纺织之器，所以主发者也。”引申为弋射之弩机。机臂作机辟，最早见《墨子》《庄子》。辟或释为罔，或训为法。

机辟即机臂。指弓弩，有长臂，而且以机轴发射，疑为楚人所发明的兵器。机臂为弩身，亦即弩臂。据长沙扫把塘138号墓出土战国弩机可为说明。（参《文物》1964年第6期）木臂前后用两段坚木斗合而成，长51.8厘米，厚3.4～4.5厘米，木臂上有放矢凹槽，臂上侧中部有凹槽，便于手握，机件为铜制，有钩指（牙）两个，用以钩弦。此当为中土以动力增加效率之最早兵器。《楚辞通故》“机辟”条见第三辑文物部。

④ 关于综合研究楚辞，当以语言、历史两事为重点，请参阅印发的讲义《〈楚辞通故〉叙录》及《〈楚辞通故〉撰写经过及其得失》两文（前一文见《杭州大学学报》1977年第3期；第二篇见《文献》1980年第3期）。

⑤ 江有诰的《楚辞韵读》、王了一的《楚辞韵读》、教者的《楚辞韵书》三书各有特点，要综合而后见功。但这只是古韵问题，而自汉以来所传的“楚声”到底是怎样，我们已拿不出什么确实的凭据，教者在《智骞〈楚辞音〉跋》中有关于论骞公《楚辞音》的一段文章：

“骞公《楚辞音》残卷，存八十四行，二百八十一条目。其注音释义诸端，不论其形态或内容，皆魏、晋、六朝以来群经音释及佛典之众经音义之旧观，读之颇似陆德明《经典释文》及玄应《一切经音义》。每目必有音……

“《楚辞音》残存二百八十一则，其不言音者不过百分之二三，故音注达二百七十六则之多。皆仅注音切，而不涉形体义训。

反——音切最多者称反。如：‘椉，时升反。’‘翳，乌计反。’或不加‘反’字。如：‘卒，麈忽。’‘敦，丁昆。’等均省‘反’字，非必手民所为，魏、晋以来音义书恒有之例也。

直音——如：‘县，音玄。’‘圃，音布。’‘徧，音遍。’

如字——如：‘上，如字。’‘宅，如字。’

依文读——如：上、下二字依文读。

协韵——如：‘属，协韵。’‘下，协韵，作户音。’

“按如字与依文读二例，以义而定异读。所谓异读者，略不过声调之异，所以别同字异义之读也。正齿与齿头、舌上与舌头及牙音之‘j化’与否，此古今音异，亦汉师旧法。且就其异读考之，亦皆见于《毛诗》郑笺、《尚书》伪孔传，而无所出入。

“其注音之法，一本汉儒旧例，无所更革或新增。最重要者，此二百余反语及其直音，余一一照以汉儒旧音，皆无扞格。又以魏、晋以来字书、韵书，如李季节、夏侯咏、阳、吕、杜诸家及《经典释文》所载，郑玄、服虔、伪孔安国、徐邈、郭璞诸音及玄应《一切经音义》所引，皆有所本。偶有唇音轻重相左、牙音轻重相左之象，亦皆旧说之承用，而非新切之更订。余更照以隋、唐人诸韵书所载，亦无一不在诸韵字中。此皆骞师音注用力之处，然并无新创，皆从可知之音也。”（全文见《中国社会科学》杂志创刊号）

另外，教者还把楚辞里所用的字、词来同《诗经》诸子做比较，录成了一部《楚词楚言考》，这对判断哪些字、词是楚语，可以得到些消息，近人朱季海先生的《楚辞解诂》也颇注意这一问题。

⑥ 关于楚辞语法问题的研究，还是近人比过去的人强得多，譬如徐永孝老先生的《楚辞语法初探》、汤炳正的《楚辞释例》（陆续刊载在《四川师范学院学报》上）及杭州大学研究生薛恭穆的《楚辞语法研究》（有油印本，他现在正在分类改写成单篇，送《中国语文》刊载）均将先后发表，教者的《〈九歌〉“兮”字用法释例》一文发表于1979年《昆明师院学报》。摘要如下：

《说文解字》：“兮，语所稽也。”“兮”字为《诗经》《离骚》中句法之重要特征，而《离骚》中用法，尤为广泛复杂。就形式言，大体用于一句之末，而以上句为最多。其用于句中者，皆在名词、动词之后，以表惊呼义。就字义言，则大多数在句末者，仅为一种助声之语气词，即今语体中句尾带感叹作用之“啊”“呀”等字，此支歌古今之变也。(《橘颂》略异)其用遍及《离骚》《九章》《远游》《招魂》《卜居》《渔父》《九辩》《惜誓》《招隐士》《七谏》《哀时命》《九叹》等篇，至于《九歌》《九怀》《九思》诸篇中，变化殊大，略起语助字“乎”“于”“其”“夫”“与”“之”“而”“以”等虚词之作用，当视其上下文义而定也。其用为“于”字者如《湘君》，王逸以“于”释兮也；《东君》《九思》则习以单音节动词为冠，继之以双音节名词，而“兮”后承以双音节名词。又如《湘夫人》《湘君》《九怀》则继双音节名词(亦有单音节者)、单音节动词后用“兮”字。

“兮”字义与“夫”字义同者，如《离骚》“邅吾道夫昆仑”，《湘君》有“邅吾道兮洞庭”之句可证。其作“之”字义者如《离骚》《远游》之“载云旗之委蛇”，《东君》作“载云旗兮委蛇”。同“以”字例者，如《离骚》“集芙蓉以为裳”，《九怀》作“援芙蓉兮为裳”。同“而”字例者，如《离骚》“结幽兰而延伫”，《大司命》有“结桂枝兮延伫”，句法同，义亦同。同“与”字例者，如《东皇太一》“奠桂酒兮椒浆”，与《离骚》之“扈江离与辟芷兮”句法相同。此等“兮”字皆在所代各虚词所在地位，《九歌》《九思》全部如此，其他各篇亦莫不或多或少存在此类用法。

“兮”字作为呼唤惊喟之用者，为《招魂》中之一特例，如“魂兮归来”共十一句，每句下皆用反诘之词或“不可”一词以招之，故“兮”字有召唤之用，此与《大招》之“魂乎归徕”同一句法，则“兮”“乎”两字，义皆同也。其字绝大多数置于句中，亦偶有置于句尾者，形式虽与语气词同，而作用则乃为呼唤惊喟也。

又《涉江》《文选》中“乎”作“兮”。

《九怀》《九思》中有一种句式，上下两句，皆五字句，第三字皆用“兮”字，第四、第五两字绝大多数皆用叠词，少数用连绵字。《九怀》则下句末两字，有做动词性词组者，如“季春兮阳阳，列草兮成行”，此式在屈赋中，唯《九歌》两见，“石濑兮浅浅，飞龙兮翩翩”，此等句法，在汉赋中对仗皆极工整，平仄虽有不协，而确有成对之作用。此固中国文艺形式发展方式之一好例也。

⑦ 高本汉对中国语音词汇的研究颇有些启发性的东西，不可忽视，尤其是并列了许多材料，然后得出结论，往往有惊人的发现。如《左传真伪考及其他》（有陆侃如的译文）、《汉语词类》（有张世禄译本）两书都由商务印书馆发行，他的结论对我们很有用，他的方法对我们的研究很有启发性。

⑧ 把甲骨文、金文文字材料用到《楚辞》研究中是近世才有的，如王国维先生定《天问》中的王亥、王季几人为殷先公，使《天问》这一段话复活了（见《观堂集林·殷卜辞中所见先公先王考》及《续考》二文）。其实在刘梦鹏的《屈子章句》中已认出这些先公先王的名号，不过刘的书不大为人注意。教者在《屈原赋校注》中常常使用甲骨文、金文材料来解说文句词语，在《楚辞通故》中例子更多。

⑨ 他没有什么惊人的奇论，都很平实，“无征不信”的态度很好，是一位结结实实的学人。

关于楚辞所述历史，王逸、洪兴祖都很重视，但王逸这一派受儒家影响较深，往往用探词底的方法附会屈子思想的实质，作品表现的意蕴，譬如《九歌》章句所失最大。洪兴祖《楚辞补注》能引用非儒家的载籍探文中的隐微，是其所长（这是郭璞这一派的方法，详后）。其他如周拱辰的《离骚草木史》，能吸取许多古史中有关草木的习俗，是难能可贵的；蒋骥《山带阁注楚辞》确是一部有用的书，征引、辩证都很有分量；戴震的书引用典章制度多有可采。

⑩ 楚国有自己的历史，教者的一篇《三楚所传古史与齐鲁三晋异同辨》已发表于《历史学》1979年第4期上。本文以屈、宋文中所载古史为主，以较齐、鲁、三晋之所传，分别异同。大致观点如下：

周与楚同为夏后，然周沿黄河东去，与殷族交于伊、雒之间，楚沿汉水而东南行，至江介之间，与三苗文化相切磨，大本虽一源，而支派各自扬镳。故楚文化不仅有别于殷商，亦与齐、鲁、三晋之传不同。

1. 楚国有自己的古史籍，叫《三坟》《五典》《八索》《九丘》《梼杌》。《三坟》等当与《禹贡》《洪范》有关。三坟即分土地素质之三等九则，土质不过三，故曰三坟。九丘即九州。《五典》《八索》本之《洪范》。典即《洪范》“协用五纪”，用来“历象日、月、星辰，以授民时”，即所谓天事。八索即“念用庶征”之雨、旸、燠、寒、风、时、休、咎。二者都是治民之本，所谓天时地利之道，本之夏政。《梼杌》即《孟子·离娄》之《梼杌》，亦即《韩非子·内储说》之《桃左春秋》。“左”系“杌”之形误，“桃”与“梼”

同音而讹。柮、机音义近，后人多见梼机，少见梼柮，故又误作梼杌。梼、柮均为断木，以之为名，盖状史如断烂朝报，为恶札。又此一史籍《韩非子》尚见之，则楚之史籍在战国固有可征。

2. 屈原的作品保存夏史最详细，也可以看作楚国的古史籍。其所传三代史实中，殷周二代与儒书所传略近，夏代史实，则大有溢出儒书者。于夏初尤甚。鲧、禹、启、益、太康、少康乃至羿、浇、寒浞，多周史所不载，或评骘不相中。甚至殷之先公先王，在夏后之世者，亦复所在多有，足以补《史记·殷本纪》。

3. 史实记载的具体异同如下：

（1）三皇五帝说之出入。屈、宋无“三皇”之说，北儒之五帝，楚人除尧、舜外，皆作天神，非人王。“三皇”之说不外两端，一通言指天、地、人。人处于天、地之间，初民遂产生天、地、人为“三大”的思想（皇即大）。二则指人王。北土重实用、南土存原则，故屈、宋不言三皇为人王，而未尝不言天、地、人之相摄受，此异中存同。

（2）夏殷史实之出入。儒家以鲧为四凶之一，治水无功被殛于羽山，而《离骚》说他“婞直”，《天问》又称“咸播秬黍”“莆雚是营”，可见治水非无功劳，又言三年不施刑，非即殛杀，盖多宽恕之词，不作元恶大憝。儒者以禹为大圣，而《天问》说他娶涂山为快一朝之饱。《天问》论启、益争帝，启杀益得位，《孟子》则谓益避启于箕山，而人民归启不归益。屈原又记启屠母之非，淫昏于乐之行，至夷羿、射河伯，妻雒嫔，射封豕，浞娶纯狐，浇求丘嫂，少康逐犬，女歧缝裳，颠易逢殆，覆舟斟鄩等，夏家初期数世之乱，为儒家所不详者，皆见于《天问》。其事或见于《竹书》，或见于《山海经》，则三晋所传，略得与南楚相仿了。

《天问》记殷代王亥、王季、恒、昏微诸世事实，而北土则削而不载。

屈原作品记成汤事也至详细，大体合于儒言。伊尹、传说事与《尚书》没有差别。汤以后殷事所论极少，其“玄鸟生商”与《诗经·玄鸟》同。

（3）屈宋之作对周家史多简略难明。周人所艳称者，多略而不言。又写吕望鹰扬威武明达，在姬旦之上。说武王伐纣“何所急切”，与儒家称颂武王者大异。言周公“到击纣躬，叔旦不嘉”，致使周命咨嗟，与儒书称周公大圣者不同。对于纣的亡则说“反成乃亡，其罪伊何？”叙武王伐纣几乎无一可称赞。春秋一代之事，如齐、晋、秦、徐偃、管仲、介之、百里、申生、子胥、包胥，皆与北土所传无大差别。唯有齐桓公、晋献公、秦穆公，而不言五霸。

（4）其社会制度与齐、鲁、三晋不同，迁国之习屡见，采用少子继世之制，楚官制也与北土不同，有世官，但无世室。

（5）对于天、地、宇宙的认识与齐、鲁、三晋也不同。

（6）某些道德概念不同。屈子最重言义，其他道德条目，以“耿介”为最高，偶亦曰仁、曰孝，而决不言礼、言信。五常中，不言慈、友、恭等，其无五常意识至明。屈子又重言“忠贞”这一概念，而周人引一孝字，与忠对立。儒言明德，屈原称最高之道德为“耿介”，为纯粹，亦明德之一端也，其名虽异，而实则类，此亦同中存异之一端矣。

(7)《诗经》无楚风，这是语言差异的事实。楚人的诗与周家诗乐的风格迥异。

(8)楚有阴阳之说，但无五行之义。

(9)楚有甲子宜忌之习与宗教迷信。

(10)楚人自认来自西方，西方乃其发祥之地。楚人不言五行，故仅有四方与四方神，而不以中央为一方，也不言中央之帝。

(11)《诗经》较少涉及宗教性事物，而屈赋二十五篇，几无不上交天神。

(12)楚无河图洛书之说。

(13)楚无黄老之说。

(14)楚有飞升成仙之说。

(15)楚有治气养心之术。

(16)楚已存在天堂地狱之设想。

(17)齐、鲁、三晋之儒，其思理皆以现实为归，南楚达人则以世事为祸患，具特有之出世思想。

总而言之，楚社会结构与齐、鲁、三晋不同。北土以宗法之家族为社会结构之基，楚之社会结构，保存氏族社会之形态。表现在：

(1)楚姓及其君名号保留图腾遗义。

(2)楚阶级制(等级制)不严。

(3)楚不分封。

(4)楚有世官。

（5）楚家族之制极疏。

（6）楚所传神与人之形象差别不大，与北土之神之怪诞不同。此亦氏族社会之遗征。

⑪ 楚史的特点，除上引一篇外，教者还有《楚文化与文明点滴钩沉》一文。简介如下：

中土史前文化遗迹大体相似，为同源之变。夏、殷两民族文化之融合成为我国整个民族文化的大本大根。春秋中期，楚人突起南疆，变更蛮夷，尽灭江介之间周同姓之国，日益强大，其文化既承袭故制，又以时以地而有所创新。

（一）

（甲）称号说：

楚在殷周之际称“虎方”“南夷”“南淮夷”“熊盈”“荆蛮”“荆楚”。

（乙）辨楚之始封：

史称成王封熊绎以子男之田，姓芈，居丹阳。据吴承志《横阳札记》卷十考证，楚之始封，当为熊丽，早于绎。

（二）

（甲）楚民之颂神：

楚俗好鬼而机祥。其神与北土大有异。就《九歌》而言，其神：

1．不是胼手胝足之农神，而为飞扬缥缈之火神。

2．河神不是治水之工程师，而是南浦美人。

3．山神不是奇兽怪人，而是“含睇宜笑”之美女。

4．无人面虎爪遍身白毛之蓐收，而有荷衣蕙带之司命。

5. 不用牛羊犬豕膻腥为祭，而用蕙肴兰藉桂酒椒浆之芳物。

6. 祭祀不用苍髯皓首之祝史，而用采衣姣服之巫女。

7. 他如高禖之神不为大足神，而为神女。

神的性行，亦有特异于北土者。其神有现实性：（1）留恋人间；（2）与人相亲；（3）神之爱情生活体现人类之情感。

（乙）楚民族：

楚之祖先，来自西方，本为游牧民族，至周已定居丹阳一带。楚民族尚包括楚地固有之周民族与土著民族。其土著民族，溯其源，当即《尧典》："窜三苗于三危"之苗民。其时三苗的主要部分已西征，西征而落伍者，遗于沅湘、辰溆间，即屈原文中之"南人""南夷"。

（丙）释"熊"号：

楚自鬻熊至成王二十五世皆以熊为号，此"熊"当为图腾。

（丁）楚之嗣君恒在少者：

楚人与周不同，常常立少不立长。

（戊）公室氏室之争：

楚公室、氏室之争甚烈，主要为争取经济以自固，此社会变革之由也。

（己）创为郡县之制：

一般认为秦废封建、置郡县，为进步措施，其实此亦楚之建置也。

（庚）楚军制：

以三军为正军，令尹统之，二广为亲军，游阙为游兵。调兵之法，商、农、工不败其业，卒乘辑睦，不奸于事，行军之法，则右辕左追蓐，前茅虑无，中权，后劲。百官象物而动，军政不戒而备。行军之次日，则辎重至，除亲军（国军）外，东宫有兵，宗人有家兵。又战国以后楚兵力雄厚，吴起败后执兵领军者皆昭、屈、景三大族，楚已用铁制兵器。

（辛）楚币制：

楚有金币三等；楚有铜官，铸钱洲上；楚有方府，乃其藏金之处；楚在行政措施上，曾有更币之事；楚最早使用金币。

（壬）官制：

楚之官制，在春秋战国诸国中最特殊，不仅名义奇异，其所职掌，亦有非常理所能推断者。

其官职有：令尹、司马、莫敖、左徒、邑大夫、上柱国、大将军、裨将军、司败、新造盩、大夫、除道、营军、公、执珪、三旌、尹。

（癸）宫室：

楚人多建宫室，至为壮丽。

（三）

（甲）楚之强：

楚世为强国。

（乙）楚古史与屈文及考古：

楚有古史书《三坟》《五典》《八索》《九丘》，屈文与之相协，考古亦提供可贵之材料。

（丙）楚受周文化之一：

鬻熊事文王。

（丁）楚受周文化之二：

周太史入楚。

（戊）楚受周文化之三：

世又传周公奔楚。周公之教入楚必非虚言。

（己）楚人习《诗经》及楚之音乐：

楚人自春秋以来已习《诗经》。楚有自己的音乐，与北土不同。

（四）

（甲）楚文明简说一：

此节存目，内容见教者另一篇题为《楚文化与文明点滴钩沉》的文章中，考求了楚国的婚制、礼制、族制、文字、绘画、乐舞、郢都建制、交通、水利等情况。

（乙）楚文明简说二：

此节述说了楚国的物质文明情况，如车马舟楫，南冠细腰、佩饰、玉器、饮食、镜、奁、弩、旌乐器用诸端。（本文亦见于教者《楚辞学论文集》）

⑫ 庚寅为南楚民间吉宜日。择吉日一事，在上古甲骨文占卜中即已见之。当是初民迷信的一种现象。在金文中亦多有记载。此风习殷商大行，春秋继之。罗振玉言“周人铸钟，喜用丁亥”。《经义述闻》言：“古人行事之日多用辛与丁癸者，是辛与丁为吉日，而择以行事者。西汉时古义犹存。”刘朝阳于周金中言初吉之八十七例，内用丁亥者为三十六，当为当时民俗。俞樾《茶香室经说》中亦有记述。而楚之吉日则尚有庚寅，此论可从金文两千多器中统计使用甲子的情况为证。

现将涉及十天干记日的二百七十三器分列如下：

甲	乙	丙	丁	戊	己	庚	辛	壬	癸
28	36	12	95	12	11	38	16	13	12

涉及十二地支记日者分配在二百六十九器中各为：

子	丑	寅	卯	辰	巳	午	未	申	酉	戌	亥
2	11	33	22	5	19	28	12	17	14	16	90

从上面分配的统计数，以丁亥为最多，其次则为庚寅。庚共三十八见，寅共三十三见，皆占第二位。由此可见庚寅为楚民间仅次于丁亥的重要吉日。

另详见《楚辞通故》一辑天文部“庚寅”条。

⑬ 也可以读马克思的《哲学笔记》、德国人穆勒利尔的《进化史》，英国人马陵确斯特的《文化传播论》，也可以读法国人毛根的《史前人类》一书。（教者有译注本，抗战交开明书店，后来王伯祥告诉教者说，一艘载有开明书店的许多稿件的船，在马当沉没了。）

⑭ 《楚辞通故·自序》曾用《〈楚辞通故〉撰写经过及其得失》为题发表于《文献》杂志1980年第3期。摘要如下：

……以楚史、楚故、楚言、楚习及楚文化之全部具象，以探赜屈宋作品之真义，作为中土古民族文化之一典范。自内证以得之，以遮拨数千年诬枉不实之旧说。班固、朱熹、刘献廷、王夫之借屈子说教，贾谊、扬雄、刘向、严夫子、黄文焕借屈子为牢愁，固在遮拨之列。至于近世，国人动以中土旧史比附西说，以汉语挹注欧罗巴语法，指墨翟为印度人，以突厥语证楚言，必求其随时尚而不根于往史。于是屈子为贤姱之巫，为怀王弄臣，二十五篇一一指为后人伪托，终之且谓无屈原其人，又或以屈子为唯物论大师，言愈出而益奇，将使中土无可传之人、可传之学。余谫陋鲁钝，不敢肆为浩荡之论，装框子，搭架子，以哗世取宠，则差自信也。

要之以语言及历史为中心，此余数十年根株所在。……所谓以语言、历史为根株者，自语言言有二义：（一）谓解释文词以驰骛语言学规律，务使形、声、义三者无缺误。（二）谓凡历史事象所借以表达之语言，必使与史实之发展相协调，不可有差失矛盾。以历史言之，则历史发展与语言规律之出入，繁变纷扰，往往与语言之变有如亲之与子。……

然欲证史、语两者之关涉，自本体本质，有不能说明，于是而必须借助于其他科学，乃能透达者，故往往一词一义之标举推阐，大体综合各科会诸科，乃觉昭晰，举凡：历史统计学，古史学，古社会学，民族学，民俗学，语言学，地理学，古器物学，古文字学，考古学，汉语语音学，哲学、逻辑学，乃至浅近之自然科学，为余常识所能及者，咸在征采之列，稍有发正，往往揉磨诸学于语言、历史中得结论，而求其放心。所得结论，未必即铢两悉称，确切深透，然为新方法（综合）、新课题而努力，是余之愿也。姑就其义蕴，以例证之：

1．穷源尽委，以明其所以然之故。如有关居室各端，自穴居之制，至构木湖居，以说明中土木架结构之历史发展。又如自原始之光明崇拜，日光传说，十日衍论，帝王之以日为名等，以求其源，而明其变，推《天问》中之传说，为中国民族文化历史定其特点、定其异同，如“伏羲”“十日”“阴阳”“天德”诸条皆是。……

2. 自整体推断，不为割裂分解。如屈子对四方之概念，其情思意向之所寄，因定西方为屈子神游忆往、追思先德之地，南方为屈子现实寄情之所，故于“西”“南”两字之解释，虽无本变之端，而义至精确……

3. 从比较以得真相。如比较《诗经》所用词组（如连绵字等），与《楚辞》异同，确有其差殊。如“侘傺”“些”“只”皆南楚之习语，《诗经》不一用。……

4. 自矛盾或正反之端，综合以求其实。如鲧、禹传说，北土以鲧为元恶，禹为至圣，而《离骚》言鲧不过“婞直”，《天问》且传其有成。禹亦非纯德。其说更合于历史进化之端，屈原无涂附之说矣……

5. 以实证定结论，无证不断。所谓证者，有书证、物证。然书证往往因学派宗教之异而不必确切，甚至有虚妄不可信者，则应待物证而后定。余书于文字训诂，凡屈赋中，必需原始要终者，则自甲骨、金文，以溯其源。如人称代词之用，往往与史实发展相关。遂征之甲、金，上溯初民社会，定之为发自家族初兴之时，而以为与纺织相涉，虽稍属附会，于事理固无伤，以此为实证，虽有近牵强，亦不能不认为一种方法。至诸器物，则凡千年来学人所已考定（如顾亭林、程瑶田之于钟鼓，阮元之于车磬）大体皆能合于科学律令者咸采之，而诸家之说，又往往证之以近数十年考古发掘所得实物。又如“机臂”“弋缴”取证长沙、信阳实物，与铜器纹样。“小腰”“秀颈”，取证长沙画帛。《天问》诸端，取证马王堆幡画。……凡今时地下所献之宝，可为吾文做显证者，莫不一一征录，非为荣观，实以明事物之本变，文化之传播者也。其事与文字训诂殊科，然其为证验，则益坚固，为不可坏矣。

……

第二讲　读书与写作

一、怎样读书

今天我先给大家讲讲读书的问题。读书有两个要点应当注意：一是要找一部书来精读，把这书的内容全部了解；再找若干部其他的书来略读。譬如读楚辞，先把王逸注精读，再找几部重要的注来略读，同自己精读的王注比较一下，看看有何差别。我们研究、学习，一定要有个比较，如果没有比较，就断定不了好与坏，所以一定要找两本书来略读。过两天等大家把书借齐后，每人要把自己所精读的与几部略读的做一比较①，这样你们就可以知道某句话可用几种方法，可按几个系统来说。譬如“帝高阳之苗裔”中的“高阳”，某人是怎么讲的，而第二个人又是怎么讲的，两相比较，我们求学问就可以钻进去了，分析事理也可以更深厚一点②。当然这是初步的读书法。二是如果你要真正做学问，一定还需要做综合性的研究，要综合许许多多的科目，这一点我已经讲过了。[3]不过那时我疏忽了一点，没把今天讲的问题先讲讲。后来我了解了几个同学，觉得这个题目还得讲讲，不能疏忽。

那么怎样选书呢？[4]选书并不是乱选，选书有个标准。这个标准不但适用于楚辞，对一切别的书也是适用的。具体地说，在座的同志，有的可能对古汉语了解得多一点，古汉语的文字、词汇、语法知识掌握得多些；有的可能对文艺理论接触多一些；另外一些同志可能对历史知识接触得多一些；有的同志可能对民间的观风问俗做得多一些。（关于观风问俗这一点，我想多说几句，譬如某某先生搞古史，他并不是把古书都看过以后搞的。他当年考进了大学，成绩还好，经济条件也好，当时大学的管理又是松散的，所以他可以天天去听戏，因而他就了解了中国戏曲的发展情况。有一天他听某先生的课，某说，“中国的历史是层累式的，开始只有一小点，后来越来越大越粗”。这句话给他的启发很大，使他领悟到中国戏曲也是如此。从元稹的《莺莺传》《会真记》到《董西厢》，到王实甫的《西厢记》，再到《南西厢》，内容、情节不断丰富完善，这也是层累式的。后来他专搞古史，就把两三部书读透，而于《尚书》用力最勤，所以现在他是全国《尚书》权威。不仅中国历史上从未有像他这样搞《尚书》的，而且外国人也没有不佩服他的。）至于我们，我希望每人都根据自己的基础，自己到底是语言的基础厚实些呢，还是文学理论的基础厚？要好好衡量一下，如果你觉得语言的基础厚，想从语言的角度搞楚辞，甚至还有自己的见解，那就从语言开始。如果你的文学基础较好，那就从文学角度钻进去。也许从文学角度钻进去，钻了三五年又转到史学的角度去了，这也说不定。但是一定要钻进去，不钻进去始终在门外不成。如果你的语言文字基础好，就可以先读洪兴祖的《楚辞补注》，因为这书里的语言文字资料非常多。这书读完后，再读戴震的《屈原赋注》。戴震是语言学家，他的注在语言文字方面有许多新发现，超过了洪兴祖的《楚辞补注》。之后还要读朱骏声的《离骚赋补注》，朱骏声只讲《离骚》，可看他运用文字通假等语言知识注释楚辞的方法。这些书读过之后，就可以从语言学的角度来做我们选的某部书的提要了，甚至还可以在里边找出两个小题目，深入地研究一下。如果自己文学基础好，那就在这些书里衡量一下，看哪部书讲文学多。如蒋骥《山带阁注楚辞》讲文学多，林云铭的《楚辞灯》也几乎完全从文学的角度来讲楚辞，可以读这两本书。如果自己历史知识多，那就在这些书中找一部考证历史史实的书来读。洪兴祖《楚辞补注》中考证历史的资料很多，是必读的。朱熹的《楚辞集注》也有很多是考证历史的，也应当读。又如陈本礼的《屈辞精义》是考证历史的，刘梦鹏的《屈子章句》有考证历史的，王闿运的《楚辞释》也有，都可选。假若我们搞的和政治历史有关系，也可以找这一类楚辞研究的书来读。在中国过去的文学研究中，有个风气，好借古讽今，或借古发牢骚。在楚辞研究中，借古讽今和发牢骚的就很多。朱熹的《楚辞集注》有很多就是借古讽今。黄文焕的《楚辞听直》也是如此。黄文焕是黄道周的弟子，而黄道周因被仇家所陷，含冤入狱，黄文焕也坐了多年监狱，在狱中注楚辞，他的注是专门影射黄案的。楚辞被后人用作政治工具的情况也是有的。大家可看他们是怎样运用楚辞来为政治目的服务的。总之，大家要考虑自己有何基础，今后有何抱负、有何想法，然后认真来选书。书选了以后，在最近两三周内，我们一边上课，一边课后交谈，谈谈你们选书的情况，我再给你们具体地谈谈每部书怎样读，应注意些什么。

现在，我附带出几个题目作为示范：第一个题目是洪兴祖《楚辞考异》考。洪的《楚辞考异》这书是有的，现在被散乱了。楚辞最早的是明刻本，北宋刻本已亡，南宋刻本是有的。洪兴祖《楚辞考异》就在洪兴祖《楚辞补注》里。洪补每条下面多标明某字是某字，这就是“考异”。可是这“考异”

的方法有两个，异文有的在“补曰”前，有的在其后，到底是在前还是在后？前面也是，后面也是，这就要细细地进行摸索，要考证一下。

第二个题目是关于两千多年来楚辞研究的派别。这个问题到现在没人研究过，最近在《中国社会科学》杂志上刊载了我的一篇《智骞〈楚辞音〉跋》的文章，提到一个问题，遭到一些人的异议。他们不同意我说的郭璞、智骞是楚辞研究的一个派别，其实我说的是有根据的，我认为洪兴祖的《楚辞补注》就是王逸和郭璞的混合体。这是楚辞研究的一个派别。另外，还有许多派别，如黄文焕用楚辞注释来为冤狱翻案，来发牢骚，这也是楚辞研究中的一派。当然这一派是从班固开始的。再有像刘献廷把整个屈赋用一个“孝”字来概括，这也算是一个派别。我们研究分析楚辞研究的整个历史，就可以发现楚辞研究中的许多派别，相比之下，我们就可以总结出他们的不同特点，从中发现哪一派有成就，所以这是一个值得研究的题目。

第三个题目是关于屈赋每篇作品的意义分析。对屈原作品的思想意义分析的文章虽有一些，但分析得不够。关键问题是屈原作品的内容应属于哪种思想要搞清楚，这是很有价值的问题。⑤

二、怎样写文章

写文章之前我们应考虑几个问题，首先要看写的这篇文章有没有发展的生机。如果这篇文章被你写下去就写完了，好的可算是个总结，也就是没有发展的生机了，这样的文章要少写。要选择最有生机、最活泼的题目来写。写出这一篇，还能引出几十篇文章。这关系到我们今后研究的问题。如果生机不够活泼，需要的材料找不着，只限于楚辞上的材料，这是一个初步的办法，只知其然，而不知其所以然。譬如解释一个词，在许多词中可以解释通，这还不够，还应找出其历史的根源、语言的根据，说明它为什么要这样解释。[6]找不出根源就不是学问。因此一定要究其根源，要知其然，更要知其所以然。要知其所以然，一定要把知识放宽点，这就是一辈子的题目。如果你一下子说完了，就没有生机了。因此写文章第一件事就是要选一个有生机活泼的题目。不要选一下子说到底的题目。当然某个问题被你解决了，总结了它的历史任务这也是好事，也是可以写的。但你们现在正当壮年，不要写这样的文章，这样的文章，让老头子去写。[7]

写文章的第二道功夫是搜集材料。材料一定要搜集得比较完整一些。譬如搞楚辞，最好把楚辞全部有用的资料都找来，还要找一些同它有关系的东西，面要宽一些。[8]有许多问题，你从正面来论证，可能证不出来，还要从反面，从侧面，从上下四方来包围它。假如你搜集的只是正面的资料，就不能包围它了，就有欠缺了。因此选材料的范围要扩大一点。现在我要求大家初步把楚辞本身的资料搜集全一点，将来大家要把整个社会学有关的材料都搜集起来。这一点，从前已经说过。总之，第二个问题就是要把阐明核心问题的主要资料搜集得全一些，同时将围绕核心问题的有关资料也搜集起来。

写文章的第三道功夫是分析资料的方法。每个人的脑子里都有个底，[9]有的语言基础好，有的文学基础好，各不相同。如果语言底子好，那么搜集来的资料只要一摆出来，就会自然而然地知道这些材料属于哪一类，那些材料属于哪一类，以及可分为几个大类，很自然就出来了。从历史和文学的角度着眼也是一样，材料一摆出来，就知道这些东西是讲文学的哪一个问题、哪一类问题。这一点你们要是写过论文的是会知道的，没写过论文的可试一试。另外，问题一个个摆出来了，你要看看哪个是核心，要抓住这个核心。核心抓住后，再看剩下的几个问题，哪个是次要的，哪个是不重要的。那么这篇文章大概分三段或四段写，也就出来了。[10]但在写时，也有技巧。有的文章写得非常动人，让人心服口服，有的写得不动人，也让人口服心服。这并不一定与这个人水平高低或对学问了解的深浅有关，也可能和这篇文章的布局有关系。有些文章要先把文章的主要问题凸显出来，底下再慢慢说；有的文章先用归纳的办法，一件件地写，最后再把主要的问题凸显出来，这样的文章有说服力；还有一种办法是先在主要问题前边写一段，第二段再把主要问题写出来，第三段再来写次要问题，文章就显得活泼。用第一种方法写，文章显得爽朗。第二种方法把主要问题放到后面说出来，使人家看了大吃一惊，这种文章宣传力量强。现在有许多宣传性的文章都是采用这种写法的。这可能是这些宣传者的特殊本领。第三种方法是慢慢引导，让读者不觉得你是在向他做宣传。这三种方法的采用，要视你这个题目适合哪一种而定。比如你为某一件事、某一个政治性的问题、某一个学理而谈而写，而这个学理又很特别，你就要先把主要的东西写出来，人家一看就很注意，说这个问题他还从来没有看到过，然后你再慢慢引导他。假如题目不是太惊人，甚至平淡或一般的，那你就采取慢慢地一步步引导的方法，引导到一定时候就水到渠成了，点出主题。写文章不过就是这几种方法，大家可以选择。[11]

关于学校向大家要的文章，你们首先写出个读书提要。这个提要要写得特别活泼，要写得鲜明。我们写学术文章，宣传是可以的，要让人家看出你是在对他宣传，是在对他教育，你是在给他以深刻的知识。一般读者，只要你讲一个道理，讲得很活泼，很鲜明，哪怕结论过分一点，也不要紧。其次，要把文章写得简单扼要，三五百字，千把字，把问题说得简而明，很有层次，里边尽管没有什么例证，是一片理论，但是人家驳不倒，这就行了。

三、关于几部楚辞著作

我给大家选出十四部书，我想把这几部书简单说一下。

王逸《楚辞章句》，就在洪兴祖《楚辞补注》里，因此第一部我就选了“补注”。每位同志都应有一部“补注”。洪补是承袭汉代王逸系统来的，它又采取了郭璞一派的方法，似乎增加的是些奇奇怪怪的材料（这些材料是从郭璞开始用的，在以前没有，这是楚辞学的一个进步）。[12]

朱熹的《楚辞集注》在文字注释方面没有什么太大的发展，他在许多地方抄洪补，不过朱熹讲解文章大意倒是有些见解。如果谁选朱熹《楚辞集注》来写文章，还要参考《宋史·朱熹传》。朱熹一生只搞儒家经典，别的书他不搞，但却突出地搞了楚辞。这里边有个原因，他有个好朋友，做了大官，后来受了冤枉，下台了。他就是为他的这个朋友而搞楚辞的。[13]这书里有个《辩证》，是考证历史和语言的小材料，写得很好。至于《后语》一部，也可以看看历代学屈子文章情态，以及屈子身世的影响。

王夫之的《楚辞通释》。王夫之是思想家，他从思想角度来解释《楚辞》，这一点似乎突破前人。不过这书也有点毛病，他把《远游》全用道家思想来解释，可能不太对头。这是个别问题。

黄文焕的《楚辞听直》。这书全为黄道周冤狱发牢骚，是黄文焕在狱中搞的。以“楚辞”来作自己的注脚。不过此书也可以看看，看看一个人怎样钻进楚辞里，然后归纳出几句话。这是一个思想方法的问题。

蒋骥的《山带阁注楚辞》。蒋骥是规规矩矩为楚辞作注的。书后有《余论》，前边有地图。《余论》是小考证，有用处。图有《屈子涉江图》等。这书是清初人尚未开始以考证研究文学之前的一部开创性的书，而且有很多地方是从文学角度来谈的，从文理来厘清屈原的思想。

戴震的《屈原赋注》，是拿文字来解释屈赋的，训诂是好的，但有毛病，不太考虑文章前后的思想。

王闿运的《楚辞释》，完全不顾文章前后的思路，想到什么就说什么。不过这书对我们也有启发，王是今文经学公羊派的学者。他以公羊派解释《春秋》的办法解释楚辞。他有一套义例可以看看。

林云铭的《楚辞灯》。林完全以文章次序做基础来搞楚辞。因此读别人的注读不懂，读他的《楚辞灯》就可以读懂。他的注文从字顺，但也有缺点，他对音韵训诂不太通，有时注得随便。他对历史也不太管，就是把文章讲通就行了。拿文学的眼光看，他的注是好的。

陈本礼的《屈辞精义》。此书分注笺两类。注讲训诂，笺讲大义。其注没啥好处，讲大义他能把全文连串起来讲，往往还结合其他文章来讲。如果要厘清屈原文章的文气，这书是一本好书，有用处。

朱骏声的《离骚赋补注》。如果用语言文字的眼光来看，这书是好书。他把屈赋中每个字都说出其本字，如这个字不是本字，则指出是怎么引申的。他用声音和文字引申的方法来讲楚辞，给我们一个用语言文字来讲楚辞的方法，很有用。他的注比戴震的注进了一步。

龚景瀚的《离骚笺》。此书是从汉儒和宋儒两方面的道理来讲《离骚》的。其中心是杂乱的，没有多大价值，他想调和汉、宋儒者的矛盾。

刘梦鹏的《屈子章句》。此书是纯粹拿思想体系来讲楚辞的，许多地方还拿历史来做证，从思想和历史两个方面搞楚辞，有特点。

胡文英的《屈骚指掌》。此书的注简单，训诂和义理也如此，但非常明确。胡可能参考过许多书，在这些书中找出最重要、最好、最简单明了的来作注。

马其昶的《屈赋微》。此书想讲屈赋的微言大义，往往以屈原赋同《诗经》做比较，这也是我们研究楚辞的方法之一。

以上就是这十几部书的大概情况。最好参考我的《楚辞书目五种》中所列各书序跋提要。这十四部中大部分已由同志们分别写出读书报告，我也分别为诸位详细讲过。这些讲录也不过是些老生常谈，不再详述了。其实这十几部书只是一些派别、方法的代表，不一定都是第一流货色，而第一流的也极缺！

【注释】

① 此处所指即后文所述十四种楚辞书，详下。

② 就我们楚辞进修班来说，这一本书，当然即指楚辞，其实每一种科学研究，其基本方法也大体差不多。我们要做科研工作的，最基础的功夫已下过；这一门（或一类）科学所需要的基本常识，都已具备，这是自由独立工作的第一步。

③ 楚辞属于人文科学，凡一切人文科学的常识，都得系统学一下，如逻辑学、语言学、心理学、历史学、历史地理学、艺术学、伦理学、民俗学、礼俗学等都得有些基础。甚至连许多自然科学，也最好有些门径，以便在需要时，摸得到方向，寻得到脉络、规律。请参考第一讲注④。

④ 怎样选书，是指教者所开列的十四种书而言，这十四种书代表了许多学派，让学者根据自己的基础、兴趣而自行选择。

⑤ 关于屈赋各篇章节大义，往往是读者一时不易掌握的问题，应当好好做一番工作，使后来学子更方便切入。教者在九十多家学说中选印了十多家编成一篇《离骚章节历代各家异同表》，详见《楚辞学论文集》，由上海古籍出版社出版。

⑥ 平列一些现象，然后下个断语，这只能是种类录，而不是真的学术判断，这事在词汇解释中，最能看出为学的真伪与功力的深浅。譬如近四十年来搞诗、词、曲词语汇释一类书的人，先平列现象，遂后得结论，自然也不无微劳，但这只是微劳，只能知其然，而不知其所以然。最近在《社会科学战线》上有篇顾学颉君的文章，举例说明了什么才算是知其然而又知其所以然，很能说明这一问

题，盼大家寻来一读。

⑦ 所谓“生机活泼”与“就可下结论”的题目这句话在可解与不可解之间。从原则上说，凡能在文章中有生机可能，就是说从这一篇、这一问题引出许多篇、许多问题，叫作有生机。要是文章写好，问题也解决了，文章中每一部分也都不必再深入分析研究，就不算能派生了，正如算术中二加二等于四，或黄色加蓝色变为绿色。又譬如画像不能派生，写生大概也不能派生。但要派生也得看作者知识范围的大小、多少、深浅，其生机有所不同，思想辐射能量有所不同，经验有所不同，其所能推展阐发、类化派生的机能等都是大大不相同的，而且即使以一个人而论，青年、中年、老年的经历认识也大有差异，今天在座的同志，也许三年、五年、八年、十年后突飞猛进、思想更活泼，到时也许会使选题与今大不相同。所以这里的意思，也不过是一种分析说明而已。

⑧ 搜集楚辞资料，不仅是注释楚辞的书，它如一切文集、笔记、小说乃至地方志、家乘之类，偶尔也会有谈到楚辞的短篇，譬如《日知录》《容斋随笔》《十驾斋养新录》《铜熨斗斋随笔》，乃至章太炎、王国维、梁启超书中也时时见到。教者曾搜集了三四百种这类书，摘录过二三千篇短文，这些短文搜集于平日，使用于一旦。虽一字一句之微，但也很有用处。

⑨ 新时代新思想中人们常常提到的“立场”“观点”“方法”，这可能是根底之根，讲马列主义的人，自然以马列主义、毛泽东思想为根底，在历史过程中有许多的学说派别，可能就有许许多多的根底，我们要了解历史文献方面的根底，就不得不承认它们的

存在，这在教者的讲授中是早已交代过的，所以这儿只就这一学科所应具备的基础立言。

⑩ 平列材料以后，应分析事象，这是历史统计学的自然规律，许多发明发现，都靠这一点启示而建成，这毫无一点神秘性。

⑪ 写文章的方法，这里也不过是就一般而论，这中间的变化繁衍是不可究诘的。古人有句话，“妙手偶得之”。其意义不在妙手，而在一“偶”字，诸位都是常写文章，写过许多文章的老手，你们的好文章也常有“偶”得之。这儿不过是说点方便法门。

⑫ 郭璞本人曾有《楚辞注》，其书已亡。但散见于隋唐以来著述中，就以骞公《楚辞音》所用到郭璞的注来看，都是《山海经》的话，这个问题教者在《智骞〈楚辞音〉跋》（见《中国社会科学》1981 年创刊号）的第六部分“今传楚辞为郭璞、智骞一派之传”一段中做了如下一些说明可参：

“《楚辞音》引用旧籍，有当注意之一事，引郭璞说是也。其引郭说，见‘兹’字条者三，‘鸩’字条者二，‘珵’字、‘鸩’字条者各一。此七则中，主要属于考据事物之端，而皆以郭璞《山海经》《穆天子传》《淮南子》《方言》诸说为主。郭之学术思想近道家，不为儒言所囿，极合于屈子上天下地、浪漫杂说之风旨。儒家者流所不敢一试者，景纯（郭璞字）皆畅用之。骞公诸释与郭近，故其趋向亦与郭近。奇说诡闻，一以郭为断。吾人谓其景仰于郭，深至不移。郭生平于《方言》、《尔雅》、屈赋皆有注，骞公亦一一追迹之。吾人谓骞公学术归趣亦与郭氏同科，当不为枉说也。今郭注屈赋已亡佚，得骞公残卷，尚可仿佛一二。引《山海经》等奇说以为屈赋注释者，始于郭璞，成于智骞，此为《楚辞》注家之一大派别。洪兴祖补注，实又本之。盖体认其方法义类，则谓今传《楚辞》为郭、骞一派之传，不为过言矣。”

⑬ 参1982年《文学遗产》第3期林维纯《略论朱熹注〈楚辞〉》一文。

第三讲　楚辞的源流、系统

今天讲讲楚辞的源流及历代研究楚辞的情况。

关于这个问题，可以从内容和形式两方面来讲。这样讲，可以看出楚辞在中国文学史上的特点，也可以同其他文学样式做比较。

楚辞作家中，屈原是核心人物，宋玉次之。

楚辞这个名称，汉以后才有，即在汉景帝与汉武帝之间出现的学术上的名称。然而楚人的文化、风俗、歌谣和社会制度等，春秋以来的著作都曾提及。从这些著作中可以发现一些楚人的语言、文字、风俗。洪亮吉写的文章值得参考，指出楚文化、制度、历史等与其他诸侯国不同。①刘师培亦有文章说中国文化有南北两个系统。②他用《诗经》与楚辞对比着讲，认为楚辞属于南方文化系统，《诗经》属于北方文化系统。从文学发展角度来研究是很重要的。汉代在很多方面延续着楚文化，如郊祀就袭用了楚的许多特点。《汉书·郊祀志》很多是借鉴楚的《九歌》[3]，但在政治制度方面又是抄袭秦代的[4]，所谓“汉承秦制”是也。关于这个问题，可参看我的《三楚所传古史与齐鲁三晋异同辨》（见《历史学》1979年第4期）及《楚文化与文明点滴钩沉》（见《楚辞学论文集》），基本上用了他们的材料，但有补充。

孟子也看出楚文化与齐鲁三晋不同。楚冠亦称南冠。孟子、韩非子都轻视过南楚，甚至说：“南蛮鴃舌之人。”在北人看来，南人是野蛮的。北方的儒者很轻视楚人，比之为蛮夷。尽管如此，秦在统一中国后，没有多久就灭亡了。汉高祖统一中国后很重视楚文化。高祖喜欢江南，很重视自己的民族传统，因而把许多楚文化传统继承下来了[5]。如果不是刘汉统一中国，而是秦的继续统治，那么楚文化很可能就不存在了。

唐山夫人的《郊祀歌》完全是楚调，高祖《大风歌》、武帝《秋风辞》《瓠子歌》也是楚声。在当时的长安，有许多南方人。《汉书·朱买臣传》说：“会邑子严助贵幸，荐买臣，召见说《春秋》，言楚辞。”楚辞即楚国的文辞，楚国的调儿。据此可以看出，“楚辞”这个名称出现于汉代建国以后。假使不是汉高祖做皇帝，楚辞的流传很可能就受到不利的影响。当然应当看到，文学的发展主要是从民间来的。汉乐府的变化是一种特殊的变化。《诗经》是北方文化系统，四言体为主，大体是两句一层意思；汉乐府大体五言一句、一个意思，是从楚辞来的。

民族之间的接触，主要媒介有二：第一是音乐；第二是语言。中国传到外国的东西有音乐，最早是月琴，是忽必烈带出去的。中国出去的人教音乐的也最多。[6]

高祖最宠信的戚夫人就是会舞楚舞的。汉高祖会楚调，《大风歌》就是楚辞。汉武帝也长于楚调。文景时期，京城的人对楚歌就听不太懂，所以请了南方人到京城说楚辞。朱买臣是苏州人，会楚语。

楚辞是楚国的文辞，楚国的调调，这是汉以后形成的概念。汉乐府变为五言句，是由楚辞蜕变而来的。楚辞以五言为基础，加“兮”字。《诗经》以四言为基础，两句话才是一个句子，但到乐府就没有了，很大的原因得力于楚辞。楚辞每句有动词，不像《诗经》两句才有一个动词。[7]从汉语发展规律看，五言、七言最方便。从语言学的角度、文学的意味、修辞学等方面看，楚辞要比《诗经》讲究得多、活泼得多，情感也浓厚得多，因此它成为文学的主干。

汉乐府继承楚辞传统演变而来。中国文学史自从有了楚辞，特别是到了汉代，得到汉高祖的提倡，可以说，整个中国文学都楚化了，因为它适用于整个民族的语调。[⑧]

楚辞中有很多双音节语词，这与汉语音素有关系。据《广韵》统计，单音素的不过三百多个，有字头字尾的双音素最多，三个音素的也有。[⑨]

王光祈先生有篇文章把中国音乐与西洋音乐拿来做比较，谈到中西乐间的差别：中国音乐韵味很浓，西洋音乐节奏强。原因是汉语的阴阳上去入的长短有差别，阴声字可以延长，音的高低长短取决于字的读音的高低长短。（法国的歌曲，上句的音可与下句连在一起，而汉乐府就不能。）昆曲的调子很讲究阴声字的运用，可以长到八个拍子。西洋音乐就不一样，节奏强、干脆、利爽。中国字双音节、单音节都有，五言诗可以是两个字一节，也可以一个字或三个字一节。发展到唐诗，就成了平仄。唐诗中的律诗就很讲究声律。一、三、五不论，二、四、六分明，这是因为二、四、六是音节停顿处，一、三、五不是音节停顿处，故可以不论。

文学的发展与语言的发展关系十分密切。刘大白说中国字有“音步”。昆曲很少用三拍，多用四拍。世界各国的诗歌，大致以四拍为基础，汉语大致三个节拍就可以了，因为汉语结构无非是主谓宾，主语前又有主语，谓语中又有谓语，逻辑的发展就是如此。

我们的文学是很固定的，虽然口语不一致，但一看书，都看得懂，这是因为有共同的文字、语言把整个民族统一在一起了。

从语言的角度看，楚辞的语言结构、修辞手法要比《诗经》进步得多，成为中国文学的主干。《诗经》适于唱，但语法不一致。

楚辞与人们的合理语言比较接近。楚辞承担着两个任务：合理语言与文学语言。

汉文学的基础与汉文字是非常合拍的，尽管方言很多，但看起文章来都能一样看懂。因为文学的书面语言是一样的。元太祖进入中原后，想用元曲来统治全国文坛，而元曲中反映的感情与汉人是不协调的。汉语自春秋战国以来，经过千锤百炼后，一直成为中国的语言传统。

楚辞以前的文学是神话—寓言—叙述文学。中国的神话在北方的《诗经》中有一些，但很少，如《诗经》中的《生民》提到姜嫄，成了周代的始祖。而楚辞中的神话多得不得了，《天问》几乎都是神话。楚辞中的神话成分与《山海经》比较接近。楚辞中保存了最早的神话、寓言。楚辞是保持了原始民族风俗的文学。它的语言也比较接近民间口语，如《越人歌》等就属楚调。关于这方面的情况可查阅冯惟讷的《古诗纪》。只要是南方人唱的歌都和屈原作品一样属于楚调。《击壤歌》《越人歌》《沧浪歌》，还有伍子胥渡江之歌等，传到北方，连孟轲也喜欢听，因为它简单、清楚、风雅，这就是楚调之所以为人们所喜爱，在民间流传很广的原因。它的影响之大，乃至孔老夫子的《龟山操》也是楚调。楚辞用一般人懂的语言，楚调是民间最喜欢唱的调子，唱起来很动人，《古诗纪》中的诗，凡以南楚调读起来就非常动听。《诗经》基本上是简朴的，读起来比较沉闷。这是它们受地理环境的影响和不同的熏陶所致。江南的天然气候就是好，珠江流域又比长江流域前进了一步。长江流域又比黄河流域进步。因此，自春秋战国以来，长江流域的人民最富庶，环境最安定。《汉书·地理志》说江南地产多，可供游玩消遣的地方也多。到了宋代，有人说过，只要洞庭湖存在，社会就存在。最会吃水果的人是楚人，所以《九章》中有一篇《橘颂》。

屈原赋的来源有二：一是民间流传的《九歌》；二是楚国文化传统。因屈原的祖先就是莫敖。莫敖是管天文、郊祀的，懂得许多历史。屈原也是管天文的。他知道楚国的很多历史，又有着渊博的知识，所以能创作出像《离骚》这样一批伟大的作品，成为中国第一个伟大的诗人。他那坚贞不屈的气派，他那伟大的诗篇，奠定了中国文学的基础。因此，楚辞是楚民族文化的精华，几乎取代《诗经》的地位。唐代诗人，据说有人不读《诗经》，但没有人不读楚辞的。

以楚国的历史、制度、风俗、语言来创作楚辞，这是楚辞创作的特点。宋黄伯思《东观余论》说："屈宋诸骚，皆书楚语，作楚声，纪楚地，名楚物，故谓之楚辞。"近代人注意了，如苏州人朱季海的《楚辞解故》从语言学的角度进行了研究。他是用别的书来证（外证），我是从楚辞作品本身找出证据来证（内证），为此我写了篇文章，题为《楚辞楚言考》，有六七万字，可参。

屈原肯定读过《诗经》，但屈赋有自己的特点，有它自己的路子，远远超过《诗经》的水平。屈原是楚文化的继承者，又是开创者。因此，我的讲法是：不要把楚辞作为《诗经》的后继，而应该把楚辞与《诗经》并列。

殷光熹　整理

【注释】

① 见洪亮吉《更生斋文集》（甲）中《春秋十论》。

② 中国整个文化从春秋以来就显然有南北的差别，《左传》中常载北方国家轻蔑南方的话。《孟子·滕文公》说得更为露骨，这是个老问题。在刘师培的《刘申叔先生遗书》及他所编的历史教科书中，对中国学术的南北两派更从学术、思想、制度上详细分析、叙述过，可参。

③ 在《汉书·郊祀志》中不仅有关于巫、觋、祠的多次记载（郊祀祠中还有楚巫，相和歌中还有楚调），而且还有高祖下诏的话：“吾甚重祠而敬祭，今上帝之祭及山川诸神当祠者，各以其时礼祠之如故。”又有“晋巫祠五帝、东君、云中君、巫社、巫祠、族人炊之属……荆巫祠堂下、巫先、司命、施糜之属”的记载，则干脆直接祠祭东君、云中君、司命之神，这些神是得天下者都可以祀祭的，而《九歌》中楚所独有的地方神湘君、湘夫人、河伯、山鬼……的祭祀到汉代则变为偏祀九州名山大川的神了。

《九歌》中祭礼场面用瑶席、玉瑱，汉代郊祀皆用玉圭，祭礼用乐的风习，汉帝亦承继而用之。《郊祀志》中记载：“嬖臣李延年以好音见。上善之，下公卿议曰：‘民间祠有数舞乐，今郊祀而无乐岂称乎。’”而行礼合乐即近同《九歌·礼魂》所记。再者，《汉书·礼乐志》《乐府诗集》中诸辞曲所用之乐，楚调与相和及清商三调之平清瑟相近。所用之乐器与楚调所用乐器基本相同——笙、笛、竽、琴、瑟、琵琶，而不同于《诗经》及周末其他典籍所载周家庙堂祭祝所用之乐，钟、镛、鼓鼗、磬、柷敌等。

在《郊祀歌》中袭用《九歌》句子的地方也很多。

即此诸端，已可见汉代对楚文化延续的一斑了。

④ 汉代政治制度承继秦代政治制度的地方是极多的，在《汉书》中自高祖至武帝的传记中，就可以看到许多用秦代的政治制度的记载，就通常人们所知的最大特点，即是改周家分封宗子为诸侯的封建宗法制为立郡县的中央集权制。汉高祖不仅给他的一些儿子封邑，而更多的是封功臣，但这种封邑还是受中央控制而非如周家的诸侯小宗制（如高祖的“县邑城”、收犯了罪的王子大臣的封地……这些都可以看出中央集权的作用）。再如汉家的法治也是比较严明的，收、坐、诛、征……都承接着秦商鞅以后的法治及方法，其他如官制的设置——汉承秦制有丞相而无三公（周制三公为司马、司徒、司空），兵、赋、律，度量衡等也都是走秦朝一统天下的路而不同于周代大宗、小宗，分国分治，车不同轨、书不同文的政治局面。

⑤ 汉高祖极为重视南方的楚文化，他自己作的《大风歌》《郊祀歌》，传至武帝的《秋风辞》《瓠子歌》等都是楚声。高祖宠姬唐山夫人会楚舞，高祖为之楚歌，汉初几个皇帝都有过“征天下能为楚辞者”的记载，汉乐府中楚调极多，还有许多发扬楚文化的政策措施的记载散见于《汉书》及其他历史典籍中，可参。

⑥ 这个问题在张星烺《中西交通史料汇编》中元代部分所引材料极多，最近新出版《丝绸之路》一书中也有许多资料可参。

⑦《诗经》两句才有一个动词，且往往第一句是第二句动词的主语（或

宾语）。如《国风·关雎》："关关雎鸠，在河之洲"，"窈窕淑女，君子好逑"。《大雅·文王》："亹亹文王，令闻不已"，"凡周之士，不显亦世"。例证无须多引，读者善自体会可也。

⑧ 中国文学的民族语调，当从汉字谈起：汉语的字最多是以两个音素组成的（也即元音和辅音）或是以两个音素为主体，而后面或中间略加辅助成分而成（介母、韵尾）。而汉语语调的每一音步又是以双音为基础的。一个字的音素多少，一个语调的音步形态是用以表现出每一种语言特点的，也是每种语言中最为稳定而历千年不变的素质。《诗经》的四言是以两个音步为一个诵读句，往往又是四个音步为一个完整的句子，所以双音词组可以说是汉语中用得最活泼的一种词组形式，而汉以后发展的五言（两个音步加一个间歇）、七言（三个音步加一个间歇）既合于乐律，又有更完整的语法结构，能更好地完整地表达语意——也即一个句子，楚辞的一句一个动词，以三音步为基本结构的形式，到汉代被高祖提倡后，而大大影响于后世文化，使中国文学，尤其是诗词的楚化，从语言角度论是与它有适用于整个民族的语调这一内在特点分不开的。

⑨ 有字头、字尾的双音素，如模、豪，这在汉语中占绝大多数。
有三音素的，如：加韵腹（介母）的家、皆、佳；
加韵尾的（—m—n—ng）东、江、冬；
加声随的（—p—t—k）屋、觉、烛。

第四讲　研究楚辞的方法

应该怎样研究楚辞？这些年来我都在研究它，但常常碰到不少问题难以解决。这不单需要有社会科学的知识，也需要有自然科学的知识。因此我认为研究楚辞要综合研究。[①]如楚辞中的草、木、鸟、兽、鱼、虫等。过去不懂，现虽学了一些，却不敢信口开河、夸夸其谈了。我现在对楚辞估计能懂百分之六十至七十，还有百分之三十至四十尚未真正弄懂，有待进一步综合研究。

现在，我们举一些实例来说明研究方法。先以《离骚》首八句为例来做说明。我觉得楚辞中的许多东西是受当时楚国的环境、风俗、国与国之间的关系等方面的影响产生出来的。《天问》中就有不少问题，其中有些话是不科学的、非逻辑的。我们要根据当时的历史条件来进行分析。如果历史社会知识不够，就没法进行研究。例如《离骚》中的“高阳”，首先要掌握历史，尤其是古史发展变迁的一些规律，再加上从古地理学、民族学的角度去研究，才能得到较好的结论。从历史上看，周家是随黄河流域向东发展的，而楚民族则按汉水流域走，楚国并非跟着周家[2]的路子走。从民俗学、历史学的观点看，楚国保持着比较多的氏族社会的意识形态。[3]有人企图用儒家或法家的观点来考察屈原[4]，这是得不出正确结论的。从民俗学的观点看，任何一个古人，都不能不受当时的民间风俗的影响。如“庚寅”，就与民俗有关，楚国民间认为这是一个吉利的日子，这是有根据的。[5]

《史记》说屈原名平，《离骚》说名正则，字灵均。平，即天平本字，即准则之义。灵，美好也。均，等于“畇”，原田之美者也。春秋以前，人的名与字，是有关系的，《春秋名字解诂》一书对此问题谈得很清楚。所以“正则”即是“平”，“灵均”即是“原”。可见《史记》说“名平，字原”与屈子自言是一致的。又如“降”字是自天而降的意思，这“降”字本身就带有宗教意味。《左传》上说“庄公寤生”[6]，为什么不讲“寤降”，这也是有道理的。

《离骚》中的“纷吾既有此内美兮，又重之以修能”两句，一开始用了个“纷”字，属状语，把状语提到主语之前，这是屈赋中常见的句法。还有三字状语放在句首的，如“纷总总其离合兮，斑陆离其上下”等。

在屈赋的句法中，还有一种特殊的用法，是用“也”字收尾做句尾。这个“也”字关系重大，不只是语助，还具有逻辑上的因素，往往跟上一句话有关系。如“余固知謇謇之为患兮，忍而不能舍也”⑦，含有反诘的意思，而又往往用“也”字收尾。又如收尾字用“兮”的，是表明语气，没有多大不同。但《九歌》中的“兮”字，往往可以用其他虚字代替，关于这个问题，请参考我在《昆明师院学报》1979年第2期上发表的文章。总的来说，楚辞中用“兮”字表明不同用法的，有四十八九个之多，与《诗经》及汉以后直到现在的用法不同。又如《招魂》中的“些”字、《大招》中的“只”字，它们的用法与《离骚》中的“兮”字大体相同，往往语气加重一些。“些”和“只”在《诗经》中也见到过。沈括《梦溪笔谈》认为“些”是从印度传来的，是印度“招魂”时用的语尾词。我认为沈说不一定可靠。有个朋友认为是祭歌尾声，应读如支韵。这又牵涉一个地理问题。屈赋中有几处地名值得我们注意，如“三危”“黑水”“三苗”“玄趾”“石林”，这些地名的来源，可能是庄蹻入滇后，有人从云南跑回来，才传过来的。又如三苗的所在地，原是湖南北部以及安徽、湖北一带。春秋以来，楚国的势力越来越大，三苗顺着湖南、贵阳、云南直到西藏等地带过来的。所以说“些”字从印度传来也可备一说。这见解颇有启发性，也很有趣，那么就涉及中印交通问题，也涉及屈子作品中的地理问题。谈到地理，我又想到《山海经》一书很多地名与屈赋也有关系，屈作中有些地名，涉及亚洲、美洲，如“扶桑”，我在青年时代写过一篇文章说是美国的三藩市。“三藩”是San francisco的音译，亦即扶桑，后来有位法国学者批驳我。西方人总是说哥伦布发现了新大陆，其实这新大陆，我们亚洲人早就发现了的。中国古代与世界各地的交通往来怎样？我还没有足够的依据加以说明。再回头来看楚辞中的“些”“只”，是否从印度传来，还不敢肯定。从一个“兮”字又扯到地理，这虽未能确定，但解决问题的方法是可取的。我从方言的角度来研究这问题。在贵州、西康、云南等地，如有人死了，就有人站在屋顶上呼喊，收尾用“些”音。“些”古人读suo。云南等地呼死者名字后亦带suo音尾。

“内美”的“内”字，涉及屈原自己关于精神和物质的认识问题。“内美”的依据在于“皇览揆余初度兮，肇锡余以嘉名”。世族之神是高阳，自己又是上天降生的，生于寅年寅月寅日，在屈原看来，这是上天造成我的内美。假如不这样讲，前面一段话也就落空了。“内”字在屈赋中用过九次（汉赋中用过三次，共十二次）。在九次中，分别包含三个意思。内，主要是指天生的内在的东西，与生俱来的本质。性和质，皆与生俱来，是混合的整体，是内在的整体。在屈子看来，人类还有一个“外”字，即表面的意思。但屈原讲的“内”，主要是对内在的分析，属于形容词。“性”是与生俱来的一部分，是内的本能，所以“性”是说明物质的本身。屈原是否有这样的心理分析呢？在屈子以前的春秋时代，人们用三种方法对事物命名就很高明：（1）本性。（2）本质。这都是用来说明事物的特点的，如：水，准也；火，毁也。只说明物的本性“性能”。（3）品质，即用来说明事物的特点的，如：马，怒也。说明马的特性。在我国古代的逻辑学这三项虽很分明，可人们还是随便使用的，要做最完整的说明，还必须对上述三项都说清楚。而对于这三项，在屈子的作品中是分辨得很清楚的。

屈子说心理有“心”“性”“情”。这三字同一声音，都是属于心理学上的东西，表明心与物质的关系。在动物中，狗、鸡等也有官能作用，但它们的记忆力很差，人类的记忆大大高于一切其他动物，知识靠记忆得到储存。屈子讲内心，总是用“内”字来讲。“内美”就是天生给我的美——我是高阳氏的后代，生于寅年寅月寅日。就是用“内美”来概括开头那八句话的。

“又重之以修能”的“能”字，不是指“能力”“能量”的“能”，而是“加上修饰的能”。“修”在《离骚》中用了十七次，与“修能”有关的有五个，如“好修”“修姱”等，都是讲自我修养和学习的（“灵修”则除外）。他一生的精神是自修与修人。“来吾道乎先路”也是修，屈子是一位推己及人的教育家。后来楚国的胄子不成器，“荃蕙化而为茅”，没办法，他自己修到不得已的时候，就“退将复修吾初服”，只好自我培养。至于他的修人，也包括楚王在内。“修”字在屈赋中占重要地位，用了三十多次。连他自修也无办法的时候，就只好以死来结束自己的生命，以死来保持自己的内美，这与儒家的穷则独善的境界不同，独善并不关心国家，而屈子的美，是以舍身爱国为目的，所以内美是舍身的根底。至于他的死，我认为是历史上的奇悲。文天祥当然伟大，但他的死是外加的，而屈子的死则是楚国内部的现实所造成的。因为他看重自己的内美，看重自己的修能，所以才死了。死，是怕国亡受辱，怕辱及先人，辱及先人的遗骸，辱及自己的内美。

屈赋中还有一个等于“修”的代词“佩”，把“修”与“佩”结合起来读很重要。今存的屈赋，大都是屈子失意之作。在他的作品中，很少有矛盾，这从“佩”字可以看出来。

佩，在古代有三种制度，表示佩的三种作用：佩德、佩容、佩芳。另外还有一个“佩用”。屈子在作品中，常以此来表示自己的美德。佩玉，这在我国古代是很重视的，一个人佩上了玉器，走路就有规矩了。玉，表示有高贵的品德。我们的祖辈，在帽子上往往佩上玉，玉有各式各样，玉在我国历史上表示高贵。“佩玉”表用。在古人心目中，玉是表示身份、品质和道德修养的东西。

佩香（芳），古人常有，佩芳可以防臭。现代的欧洲人亦常佩带香囊。在屈赋中，佩玉、芳草、香囊、佩剑等，这一切都可说是自修的内容。

“高余冠之岌岌兮，长余佩之陆离”二句，写的是仪容。高冠长剑，这是表现屈原不可受侵犯的样子，表现出自己天生的如何了不得，同时也表现自己是一个坚贞不屈的人物。后代戴高帽、佩长剑也是修的一种表现。屈原的高冠长剑，表明自己是对国家冀望很深的人，屈子也以此来表明自己内在的心情。正因为这些，他不走胄子的道路。胄子变坏了，国家也坏了，他伤心透了。不得已便“退将复修吾初服”，一直到死。古来爱国爱家者不少，屈子可说是我们这个民族中爱国主义的中心人物，他见不得污浊，他很高贵。一个人只要有屈子的某一点就不错了。他可说是我国爱国主义者的集中表现，是一位最有代表性的人物。

林维纯　整理

【注释】

① “综合研究”有两层意思：一层是全书的综合研究，楚辞中包含许多方面的内容，譬如《天问》中有天文、地理、传说、历史等，《九歌》中有民俗、风习、楚史、楚言，以及大量的草、木、鸟、兽、鱼、虫等，需要用社会科学、自然科学的综合知识来研究才能奏效；另一层意思是每个选词也需要综合各门学科才能得到比较正确的解释，这在正文中已讲得清清楚楚了。

② 我认为周、楚是夏后的两大支。关于楚与周、殷的关系可参教者的《夏殷民族考》一文（见1933年《民族杂志》月刊）。该文以文献资料及考古材料论证了夏、殷两民族所处地域、民族特性等基本情况，以及它们的来龙去脉、异同及交流混合。周、吴、越、楚、匈奴为夏后等问题，从而证实了中国古代在北方有两大民族，后来混而为汉族，用以推翻外国学者提出的汉族来自西方的说法。其中教者认为从“夏”字字形及夏民族的传说看，当是一个以水

怪为族徽的民族的总称，它的宗神是禹，它的根据地是冀。

周，是夏的后代，因为周人自称夏后（见《尚书》中《君奭》《立政》《洪范》及《诗经》中《大雅》《鲁颂》的记载）。周制又多与夏制合，传说中周的始祖是尧舜的农官，周建国以前活动的地方又与夏合，都在山西、陕西一带，从这三点可见周夏的关系。

楚，也是夏后，在《大戴礼·帝系》《史记·楚世家》《离骚》《国语·郑语》中都记载着楚的先人颛顼高阳是夏之后，所传历代楚祖先多与西方民族记载有关，而楚故地的居民则是三苗，是夏民族最先移殖于南方的重黎之祖。

从地理上看，楚在夏水之南，与夏民族根据地接壤，夏民族向南方流徙，沿汉水（即夏水）而南是易近之事。楚辞多言西方、昆仑，而殷人则无西方与昆仑之说。

又《春秋左传》所载楚的官职与中原各国不同，而与周书中所载周初官职之称多合。

《国语·晋语》中记载着成王盟诸侯，由荆楚人守燎，这又与楚是祝融之后、世守夏周火官之职之制合。

周公避管蔡二叔之难，曾逃到楚国，故周初之际，周楚关系颇密。凡此种种都可证楚为夏后，并可概见它与周、殷的关系。

殷，是农耕民族，舜为殷之宗神，豫是殷的根据地。楚民族的风习制度、文化多直接承继夏文化风习，和殷民族不同。

③ 关于楚氏族保持有氏族社会遗习，可参看我的《三楚所传古史与齐鲁三晋异同辨》《楚文化与文明点滴钩沉》二文。见第一

讲注⑩⑪。

④ 历来讨论屈原思想，欢喜用《汉书·艺文志》九流之说，以为比附。到近代，这种现象愈演愈烈，于是以屈子为儒家、为道家、为阴阳家、为神仙家，乃至为法家，可谓五花八门，样样都有。其实屈原生于战国时代的楚地，为楚国宗亲，游历过好多地方，知识丰富，熟谙多种哲学思想，而又是一个伟大的文学家、诗人，一生经历坎坷，思想奔放，在他的作品中，记录着楚地、楚史和楚风习，不囿于一家一派之见，因之有时似乎还表现出一些矛盾的地方。正因为这样，就不能用某一家或某几家的哲学观念来绳束他，他不是诸子，不是哲学家，而是一个爱国诗人！我们详尽地分析了屈原作品中所表现的各种思想后，对这个问题就不难理解了。

《屈原思想简述》一文立足于通过对屈原具体作品的分析，从以下几个方面论述了屈原的思想：

1. 屈原从官能作用认识世界。指出屈原对事物有正确的认识过程。五官感知是知识获得的第一阶段，而屈原作品中体现的认识事物的过程也正是始于五官之感知。其中尤以视觉为最受屈原重视，可见屈原具有求实精神。

2. 屈原从物质的性行与变化认识物质。指出屈原对事物具有"有""实""是"的认识："盖可当朴素物观论(不作唯物论计度)，屈子亦多唯心论成分。惟其'是认'世界，因从此等物观出发，不作诡辩推断之辞，亦不为意、必、固、我之词。"

3. 从屈原文中关涉的心理现象以体识其意识。这一部分主要通过屈原作品中大量对心理现象的论述分析、解释、推敲来具体剖析屈原的各种意识。

4. 屈原从天人之际、人群之际、历史发展来认识道德与人生意义、社会关系与政治美弊。指出屈原讲公德不讲私德的重道德的理论，也重道德的实践，并且他一一分别社会关系而各为之道德规范和定则。他的政治理想即“美政”的实现，而“美政”的实现和“内美”的保持，便是他人生意义的基础。

5. 屈原从对自然界之了解，来体认“天”之行事与作用，即今恒言之“天道观”。这一部分因内容较多又比较复杂，别为《屈子天道观》一文详之。

综上所述，该文总结道：“屈子政治思想为‘民本主义’之道德范畴形态，屈子固一现实主义之思想家”云云。

⑤ 参第一讲注⑫。

⑥ “庄公寤生”事见《左传》隐公元年，“寤”与“牾”通，“寤生”即“牾生”，即现在人说的难产，传说庄公寤（牾）生，惊吓了他的母亲。

“降”字,《楚辞》共十五见。分两义，一训下降，为后世通义；一训降生，为较原始本义，字从𨸏，从夅，盖古酋长大君，皆宅高山而居，因以自高山而行下，在原始宗教信仰，以为大酋与天通，故凡自天而下者，皆曰“降”，与“陟”为对举字。

考“降”字用为降生义，犹自天而降也。春秋以前，唯帝王大酋之受天命以统方国者用之，在一定意义上，含有甚深厚之宗教的感生意识。至战国时，用此字为降生之义，其神秘性仍保持未坠，或仅稍及于有地位之重臣、巨人，即《孟子》所谓“天将降大任”之大任者用之。自《尚书》《诗经》《墨子》诸书皆可考见。故此字在一定的历史条件下不得为一般人所使用。即以屈子作品论，用“降”字如《惜往日》《东君》《云中君》《天问》中四“降”字，以及《离骚》中的都含有丰厚之宗教性，无一而不与上帝神灵有关。屈赋中更不以帝王将相之生为降生，言女娲，言神禹，言夏启、伊尹，举圣贤无不有之，而不言降，则屈子亦不多以感生之意义，随施之于古，而今乃自命为天之降生，此非狂夸。盖古人忌讳事简，孔子自称天生德于余，则屈子以王所甚任之宗子，则出言稍侈，本不足怪，篇首标始祖，为上世神帝，楚为之后，则已即此神帝后代。用“降”字，以比于世之大任，盖当之而无愧者也。吾人必须体会祖先之宗神对子姓关系之要义与知生在上世之宗教的传说与时日（殷人以甲子命名尤见时日之重）及战国时期相人术之勃兴，三端会合而定之，则“降”之大义明。

又先秦典籍，用“陟”“降”字皆有天神宗教义。又古凡言自天降或上升者，亦曰“陟降”。《诗经》《夏小正》至汉以后，乃多作通义解，此汉字进化一例也。屈赋“降”字共十二见，亦大体如此。详见《楚辞通故》“降”字条。

⑦ 参《楚辞通故·“也”字句法解》一节中所引徐永孝先生说：

大足徐永孝先生以文法大例论楚辞“也”字字例说极工细，且可作校勘正伪之用，其言云：“余固知謇謇之为患兮，余（一本无此字）忍而不能舍也。洪兴祖补注：一本忍上有‘余’字。一无‘也’字。按‘忍’上有‘余’，‘舍’下有‘也’者，是《楚辞》

通例。‘也’字无单用者。(《九辩》“悲哉秋之为气也”不尽此例；东方朔《七谏》、刘向《九叹》一用，皆不知此例。)凡偶用‘也’字，上句读‘耶’，为反诘句，必有反诘副词，应用问号。下句‘也’，乃判断词，为感叹句，应用感叹号。上文‘抚壮而弃秽兮，何不改此度也’，‘乘骐骥以驰骋兮，来吾道夫先路也’(一本无“也”者非)，下文‘何昔日之芳草兮，今直为此萧艾也！岂其有他故兮？莫好修之害也’可证。不但《离骚》如此，《九辩》、《九章》、贾谊《吊屈原》亦然，不但《楚辞》如此，《庄子》亦然，《庄子·人间世》‘凤兮凤兮，何如同而(或作“同尔”)德之衰也，来世不可待，往世不可追也’亦可证，此‘余’当训‘何’，‘余’有‘何’义，见古书虚字集释‘何忍而不能舍也’与下句‘夫唯灵修之故也’，偶用‘也’字，与楚人文例完全相合。可见‘忍’上无‘余’字者，不知‘余’有‘何’义，而误删耳。”

第五讲　屈原事迹（上）

从本讲起想把屈原的作品做个全面介绍，但以大义为主。有关训诂、考据、历史等较为重要的问题已选印若干篇论文与我的《楚辞通故》一书的一些篇章来做补充。凡在补充材料中已谈到的，就少讲一点。

讲法，大体分作两类：一是本文的疏解；二是几个重要问题的专题讲授。如屈子的思想、大道、道德和屈子文学的分析等。

我把屈子全部作品分为三部分：一是以《离骚》为主，附讲《远游》《卜居》《渔父》《九章》；二是以《天问》为主；三是以《九歌》为主。为什么如此分？讲时再加说明。

现讲《离骚》。

《离骚》首八句是屈子自道身世与名号，这应是第一手材料。这八句弄清楚，不仅对《离骚》容易弄清楚，而且整个屈子作品的思想意识也都有根源可托了。

关于屈原的身世，《〈史记·屈原列传〉疏证》一文已作为讲义印发了[①]，讲义中的内容全根据《屈原列传》的记载，说得比较详细。我们研究屈原及其作品，最重要的还是要看看屈原自己是怎样说的。有人研究楚辞，以书证为主。我则以内证为主，以求内证为主要基础。因此，我以《离骚》的前八句做基础来讲。

“帝高阳之苗裔兮”的“高阳”，涉及屈原的一生事迹。史称“颛顼高阳氏”，这话该怎么解释？汉儒对“高阳”的解释都不大清楚。在我国古书上，“氏”一般是指封地或发祥地，所以“氏”与地有关，后来又与姓有关。这是母系氏族社会的遗留。“高阳”应是地名，在我国古史中，以“高阳”为名的，现在可查出的有三处：（1）河南的开封、郑州之间；（2）湖北的秭归至江陵一带；（3）青海与甘肃之间。以上三处，今仍有“高阳”的地名，别处还未发现有此古地名。《历代帝王宅京记》据古史资料统计，大抵在今河南、山西这一带，即古三晋、齐、鲁。而楚先人的坟墓，在江陵一带的很多。孔子、儒家的经典、“春秋三传”、《竹书纪年》[②]，大体上对帝王宅京都是这样说的，而这些经典又都是汉儒整理的，有不少根据史实有所改变。关于这方面，可参看康有为的《孔子改制考》及廖平（号季平）的《王制》研究。我国地名相同的很多，这与民族迁移有关，可说是我国历史上的一种特殊现象，例如南方有淮阴，北方有淮县。有些地名后来改了，有些至今仍保存着，例如凤凰山，浙江有，山西也有，湖南有，云南也有。正如刘邦的父亲，搬到长安后，住的地方仍然以家乡丰的地名来命名，名之为“新丰”。地名之相同，这又涉及历史地理的问题。上面提到的三处“高阳”，只有青海与甘肃之间的“高阳”有待研究。③

为什么屈原在作品中说要到昆仑山呢？后人多以神话来解释。这是不负责任的态度。屈作中不少地方写到西方，值得我们注意。屈原对四方的态度不一样：东方，因是太阳升起的地方，有好感；对西方、南方的感情最深厚。从楚国的历史看，向南方开拓疆土是楚国的国策，所以到南方是要找一个安家的地方。而西方则是追念祖先、寄托感情的地方，因为楚国的发祥地在西方；对北方则没什么感情，在作品中往往将北方写得很可怕。高阳氏来自西方，即今之新疆、青海、甘肃一带，也就是从昆仑山来的。我们说汉族发源于西方的昆仑，这说法是对的，也只有昆仑山才当得起高阳氏的发祥之地。

顾颉刚先生最近在《文史杂志》上发表的文章，他对“昆仑”的解释，我同意一半。他说东方有蓬莱三岛，西方有昆仑。他对“高阳”解释得较清楚。为什么屈原心中苦闷？在没有办法的情况下，他要到昆仑去，到南方去找舜诉说。这是因为屈原生活之地在南方，而神游之地则在西方。所以他的作品一提到西方就神往。《远游》根本不提北方，《招魂》中对北方的印象最坏。这就是最好的证明。④

“朕皇考曰伯庸”，一下子就提到父亲，对祖父、曾祖、高祖等完全不讲。为什么？旧注有说“皇考”指祖父。这话在北方的经典上可以解得通，但屈作中的“皇考”，我认为只能是指父亲。我从南方的青铜器中考察，看过三十多件器物，都可以证明“皇考”是指父亲⑤，而且在“皇考”外，还有“皇兄”。据此，《离骚》中的“皇览揆余初度兮”的“皇”，就是上文的“皇考”。在我国古代，有否由祖父命名的呢？可能有，但主要由父亲命名。孩子成年了，由父亲找个朋友起个“字”，这在《仪礼·士冠礼》中也有记载。所以“皇考”一定是指父亲。《离骚》一开始讲氏族，接着就提父亲。他对家世、世族不讲。这是因为楚国的历史与三晋不同。一个人有姓氏，这和当时周的国家宗法制度还没完成有关。

“氏”到底是什么？这就是一部分民族的小集团的称号，他们聚居在一处，总得和别的民族集团打交道，这就得有一个称号，这种称号在摩尔根的《古代社会》中就称为“图腾”。

在宗法制度的社会完成以前，就是以氏族或部族集团为主的“氏”，人们也往往称自己的氏族。这与后代的名人往往以生地为名一样。如段祺瑞，又称“段合肥”，因为他是安徽合肥人，大体魏晋六朝以来的所谓“郡望”也是此一义之变。

每一个氏族，都有自己的风俗、习惯和历史。古时的氏族所在地，往往插上一根旗子，即“中”字，古“中”字是个象形字，写作，上面的≈为旗，下面的≈为旗的影子，有日中为市之意。在○内就写上氏族的名字，我的设想，如高阳则写作，所以屈原只说过氏族的称号就够了。在我国的历史上，南方的民族对世族的观念并不强，他们自称“蛮夷”。楚国虽吸收了周家的文化，但仍有自己的文化。如果楚族不能摆脱周的控制，那么它就不敢吞并那么多的小国。南楚受周的宗法影响较少，但也受过北方文化的影响。如孔子、子夏等人都到过楚国。然而南楚却一直保持着自己独特的风格。战国时期的楚文字也最特别，这说明楚民族有自己的文化。近来在湖南、湖北、安徽一带出土的文物，其中所表现的文化，无疑都是楚国的文化。

屈原自称“高阳”之后，就讲父亲[6]，这说明楚国的家族关系观念很轻。我国的古代社会，是从原始社会到氏族社会。但有一个现象，氏族公社瓦解后，到了周，周得了天下，大封同姓姬姓，用宗法来统治国家，建立了一套宗法制度。这一手很厉害，所以国家有大宗、小宗。诸侯亦如此。用以周家为中心的宗法统治国家。可是这套宗法制在南方没有大行。因此，楚国世室的力量很薄弱。在中原，有三家分晋、三桓分鲁，世室自己搞乱了，而楚国没有此举，一直很统一。楚国的政权在令尹手里。楚侯的弟弟做令尹，这办法就带有氏族社会的痕迹。了解到这一点，读《楚辞》就方便多了。

屈原在作品中肯定过伍子胥，认为伍子胥是忠臣。过去有人以儒家思想论屈原，以为屈原称许伍子胥不对。伍子胥对楚平王掘墓鞭尸，这在儒家看来是大逆不道，但屈原不计较这类问题，认为他仍是忠臣。这是由于楚国属氏族社会，屈原不是家族社会的拥护者，与儒家的观点显然不同。

有的人对家族社会的研究很深，但不了解屈原是用氏族社会的观念来看问题。而屈原又恰恰是受氏族社会影响很深的人。因此，他们的研究，没得出正确的结论。

"摄提贞于孟陬兮，惟庚寅吾以降"二句，浦江清先生认为是屈原出生的年月日，我也认为这说法是对的。后人虽有怀疑，用各种历法来推算，但算来算去，也不过差一两年，关系不大。当然，用科学的态度来研究问题是对的。不过问题不在这里，而在于宗教迷信的思想在历史上的影响很深。我认为屈原是有迷信思想的，他不能不受到当时社会思想的影响。我们读《楚辞》时，应注意这一点。

林维纯　整理

【注释】

① 《〈史记·屈原列传〉疏证》及附录一卷，曾分别发表于淮阴师范专科学校《活页文史丛刊》第 5 期及第 51 期，并收入教者《楚辞学论文集》。

《〈史记·屈原列传〉疏证》又名《〈史记·屈原列传〉广证》，前有小序云：

“屈子事迹，战国无传之者。汉儒以刘向言之最悉，《九叹》《新序》所载是也。然言伯庸为远祖，卦卜而得名字，上官靳尚混为一，不知椒兰为虚构，此其所短也。东方《七谏》规模屈生之义，列《初放》《沉江》等篇，似若可求，实则影借为言，羌无故实。马季长亦言椒兰，弊同子政，然为叔师之所本，信息所自，亦不容遂废。东汉王充所述亦最丰，又皆因袭旧说，以为辩论。独司马迁所为原传，列布史实，差得其真，与时事相表里，读者便之，然实指子兰，为始作俑者，不无小疵。而论《离骚》，放笔肆词，遂使文不相次，大约为未加修润而然，迁传屈原、夷齐，不免借古泄其悲忿，则论骚直可作论太史公书读（与《自序》可相参，自明）。今之疏证，凡足以发明原传者，必备录之，其佚误之订正，文笔之调理，皆以短文定之。文稍巨、义稍远者，则为续考附录，遂不觉其文之冗长、证之繁琐。又原传详其史事，作品二十五篇不可缺，遂为年表以系之。余又别有《屈子事状》一书，撷《楚辞通故》全书有关词目为之，凡有关'屈子之生''屈子历仕''屈子之死'别为之卷，已别行，与此文相发明云。"

附录一卷则分为八项：

1. 楚世系图、春秋以来莫敖年表
2. 屈氏（屈氏系年）
3. 三闾大夫
4. 吴起变法
5. 纵横系年
6. 子兰子椒辩
7. 有关屈子诸杂事
   （1）屈子家世
   （2）居室庙塔
8. 屈子年表

② "春秋三传"是指《春秋左氏传》《春秋公羊传》《春秋穀梁传》。《竹书纪年》是晋汲冢魏襄王墓中所发现的用竹筒写成的《纪年》一书，故称《竹书纪年》。

③ "高阳"《楚辞》凡四见，其义皆颛顼有天下之号。儒书则言高

阳为颛顼有天下之号。考颛顼乃南楚所奉之至上神，亦即南楚民族之地方神，其加入黄帝尧舜世系，可能为楚人强大以后之事，则当在春秋中叶以后。高阳之为南楚大神，吾人得以下列诸事证之：

1．抗战中，在长沙东郊杜家坡战国墓出土缯帛书，据诸家考释，此文所记颛顼当为一民族之宗神。

2．《史记·五帝纪》所载颛顼传记，只一百一十字，除首尾叙生卒子嗣三十九字外，其余七十一字，皆羌无故实。其气象，较《尧典》大不相似。《尧典》以人伦立言，此则俨然天神之气象也。其以至上神之身份，而加入中土古史必无可疑。且颛顼一名，至为难解，此则当属于方域性之语词而为拟摹双音节之方音，必不为北土恒言，不为黄河流域以北之民族用语，亦无可疑。

3．颛顼与楚人之先祝融之关系最密（颛顼、祝融、陆终、烛龙、重黎等名号，皆声音可相通转之词，盖皆源于一也）。《左传》谓颛顼有子，曰犁，为祝融，《史记·楚世家》以为颛顼之曾孙曰重黎，为火正，弟吴回，亦为祝融。合以《吕览·孟夏记》《国语·周语》《竹书纪年》《管子·五行》，祝融乃南方主火之神，《山海经》称之曰“烛龙”，……楚人自称曰陆终，或曰祝融，为其人先，是为楚之宗神。至颛顼一生最重要事迹，莫若命重黎绝地通天，则颛顼者乃使命祝融之天神，或为一族之宗教主，故即为一方之主神，其与祝融之关系，以《吕览》《月令》例说之，则可称曰：“其日丙丁，其帝颛顼，其神祝融。”颛顼之宜为南土至上神，似已无异议。而楚人禘高阳而祖陆终，至其向人王转化之迹，则有以下三事。

4. 颛顼又曰高阳：《史记索隐》引宋衷谓颛顼名，高阳有天下之号，张晏则以高阳为所兴之地，其实一也。

古说颛顼佐少昊有功，受封于高阳。论者谓盖始封于帝丘，后乃徙高阳，则高阳本为南土至上神，而转化为南土之人王，此自《历代帝王宅京记》而可知者也。

5. 今奉节、江陵之间，亦有高阳地名，且与楚先人故陵为一地，此亦可证知高阳一名之移置于南土，当为楚族历史之一大事。凡一民族之迁徙，往往以旧地或重要之宗族长以名新地或新人，此自古史之一常例。颛顼之为高阳，故楚望之内亦有高阳之名。

6. 又据《山海经》《后汉书》《史记》《竹书纪年》等书所载推知：颛顼为南土至上神，西北为颛顼传说之中心点，且可知颛顼为楚人先，而发祥自昆仑若水之间及其迁移之行迹。

7. 颛顼葬地据《山海经》《史记》《北堂书钞》，则以为葬汉水之源，楚之分也。儒流则以颛顼葬濮阳。

8. 高阳为楚之先，娶妻之地亦在楚国。

以上八端，材料颇为纷杂，然蛛丝马迹都可见高阳之与楚人先之关系，例证甚详，请参《社会科学战线》1979 年第 3 期教者《离骚首八句解（节选）——屈原身世参正》。

④ 西、南两方为屈原主要寄托之地，有理想（南方），有冀望（西方），在教者《楚辞通故》中均有详说，今摘要介绍于下：

《楚辞》“南”字共四十八见。除《远游》之南巢，《天问》之南岳、南疑，刘向诸文之南郢为专门名词外，皆通指四方中之南方言。依所在之地而定之，如放逐汉北时称南则指楚本国之地言，流于江湘之间所称之南，指湘江以南之地言。又依楚人故习，则交阯、黑水亦在南方，盖以其径由湘江而去者皆曰南，径由大江而上者皆曰西也。

四方名义在全部《楚辞》中使用之次数为东三十次、南四十八次、西三十八次、北三十五次，若除去汉人诸赋使用之次数外，纯为屈宋所用者为（以次数多寡为序）：南三十二次、西二十一次、东十八次、北十八次。此一数字多少之意义由其所表现指示之意识形态而显其重要性。屈宋赋中“南”字有：一言南征南行者：“济沅湘以南征”等（见《离骚》《怀沙》《抽思》《思美人》《哀郢》《远游》）。二赞南方者：“后皇嘉树，生南国兮”（见《橘颂》《远游》）。三言南人南夷：“哀南夷之莫吾知兮”（见《涉江》《思美人》）。吾人试反观东、西、北三方，则以西方与行事有关者只“背夏浦而西思”与“过夏首而西浮”两语及“夕济兮西澨”一句，共三语。北方则仅有“进路北次”一语及于行事，且此三方所言行事之写实，无丝毫冀望、恩怨、思虑之情，与南方所陈十三事相较，则三方无丝毫理想希望之成分；而南方诸词则无一而不含极深邃之冀望。故可曰：东、西、北三方至多仅有些少之写实陈说成分，而南方则皆有一定之愿望寄托，为屈子之理想欤？为屈子之愿望欤？皆可不加分析。然吾人更就“南人之变态”与“南夷之莫吾知”两语可见，则必与当时楚人之开拓南土有关。而楚人之开拓南土，其初仅为开疆拓土之谋计，而自怀襄以来则可能与秦人之侵略有关。然怀襄（晚年）昏乱，楚政窳恶、南土不服，庄蹻不归，则湘沅南疑“眇不知其所指”，南国佳人寄在香黄之橘橙兰蕙者，又复如是。诗人憧憬之怀无可驱遣，故终之以湘汨怀沙，而成千古奇悲。南征、南德、南人、南夷盖无时不有此悲感，故散在《离骚》《九章》《远游》诸篇无乎不寄其怀思之情，此其所以为爱国诗人之微意乎！现实之南方不可实现，神往之西土以求开解，此西方多神话成分，而南方多冀望之伤词。更就有现实意义之地名论，如：湘、沅、辰阳、溆浦、澧、沣、洞庭、汨罗、涔阳、南岳、枉渚；南巢、石林、苍梧、南荣、五岭、三危、黑水、交阯、南疑，凡涉南疆之地，皆无虚拟神话成分。此与西土多神天之居，北土多祁寒之地大不相同。当时楚民南面开拓之欲，与屈子现实生活攸关之说，固跃然于简册之中，非个人私臆矣。

“西”字《楚辞》共三十八见。其使用之频在四方名中仅次于南，而其含义既大别于东、北，亦与南之切近人事现实者大异。盖西方之中心构思乃以神思为主，天地日月神祇为其组成之主要对象，其与人事行为思理相涉者仅“背夏浦而西思”与“过夏首而西浮”及“夕济兮西澨”三语，其余则西极、西海、西皇及大量以昆仑为中心之西方神山神水，且盛道其乐，盛赞其美。诗人每有郁邑侘傺，则又往往以西游为之解忧；或有所疑虑，则西升而游于天庭，与在天之帝相邀约。其中神话成分构成屈子浪漫思想之基础。西极遂成为人天相与之际、陟降之所。凡此种种，纯为屈子之虚构欤？亦有其承受与时代背景？考周以前对西方无特殊之情愫，自周以来而西方乃成为人天关系极密、人世所最憧憬之地。《诗经》有“西方美人”之赞，姑不具论。三晋南楚之书固多其遗教矣。《山海经》言帝台者，其地在昆仑左近。《汲冢书》《穆天子传》亦多道西游事，则周以来之于西方神山，盖有其民族传说之根据，为一切人世所崇奉。所谓圣帝如尧、舜、帝喾、轩辕等不为五帝之所同归，此等非偶然之事，不见于儒家经典者，度多为孔子所删削而去之。《穆天子传》《山海经》为孔丘所未见，南楚诸子未受儒者说教，故其说与三晋相同。屈子盖即本之楚史所传、楚民所习而为之。虽引以自慰，而实本之宗邦史册者，固非偶然矣。然此事亦非起于眇忽，盖皆有所本。考周人自西来，则疆土地势与中原相表里，求其蔓延之势，则西北高而东南低，即所谓地倾东南之说所由来。凡诸大山大水为战国以前传说，异山异水亦莫不与此地势相涉，而其俗信鬼，故神天神地之说为南楚民间一风习，与北土诸儒之以现实为根柢、宇宙人生及认识事物皆切近现实者自大异，此为其地理上之因力。楚本夏后，自状曰高阳苗裔，亦来自西方，沿汉水，居息洞庭、云梦之间，则乞灵于昆仑，怀想于西土，亦其历史之自然因力。南土为其开拓之地，西土为其发祥之基，故于南则以实际之行动为主，于西则以追怀往迹为基。截然在诗人心目中有其大界，非比后人之随意捋扯揶揄者。此诗人之所以成其为强固坚贞不拔之个性与文字表现者也。

⑤ 皇考指父。教者《屈原赋校注》云："皇考，刘向以为先祖，据礼文为言也。下文云：'皇览揆余'，即此皇考之皇。礼'子生三月，父亲命之'，则此必指原父无疑，故王逸云：'父死称考'，于义为得。且战国之际，固多以皇考称父者矣，征之六国金文，则《齐侯因資敦》（即《史记》之因齐）'皇考孝武趠公'，即因

胥之父。《虢叔旅钟》：‘丕显皇考惠叔’即虢叔之父。《颂鼎》：‘用乍朕皇考龚叔皇母龚姒宝尊鼎’，龚叔即颂之父。《齐子仲姜镈》：‘用亯用孝于皇祖圣叔，皇妣圣母，皇祖又成惠叔，皇妣又成惠姜，皇考遵仲，皇母。’《叔夷钟》：‘用孝享于皇祖皇妣，皇母皇考。’《陈逆簠》：‘以享孝于太宗皇祖皇妣皇考皇母’皆其证。其见于《仪礼·聘礼》者曰：‘孝孙某，荐嘉礼于皇祖某甫，皇考某子。’此名又见于《诗经·周颂·闵予小子》：‘於乎皇考’，‘休哉皇考’皆是。则刘向以为先祖之言，为不翔实。且‘朕皇考’一词，亦战国习语，《仲叡父敦》：‘朕皇考迟伯王母迟姬’；《史伯颂父鼎》曰：‘朕皇考釐仲，王母泉母。’则不仅皇考称父，而朕不以专指豪酋大君，又不仅《诗经》《尚书》《仪礼》有其征矣。且即以本文论，上言‘皇考曰伯庸’，下言‘皇览揆余’而命名，义即三月父命之制，勿事更张为也。”

⑥ 只知有始祖，此氏族制下之图腾信仰也，父亲为亲生之人，故当叙述，这不比宗法社会有九族（或三族）的制度。

第六讲　屈原事迹（下）

关于屈原的生年与命名问题，《离骚》上说："摄提贞于孟陬兮，惟庚寅吾以降。皇览揆余初度兮，肇锡余以嘉名；名余曰正则兮，字余曰灵均。"这几句就是研究屈子生年与命名的主要依据。

对屈原的生年，汉代就有人提出讨论，至清代探讨这问题的，有十二三家之多。人家都根据"摄提"这二句进行解释。归纳起来，大致可分两说：

一是王逸说。他用《尔雅》之义，以为太岁在寅，曰摄提格。

二是朱熹说。他认为"摄提"是天上的星座名。朱熹否定王逸以来到洪兴祖的意见。据此，"孟陬"就不是正月了。①

周正建子，摄提为寅月。古代历法不一，有建子、建丑、建寅三种。建寅跟四季紧密相连，与农业生产有关。而建子、建丑则与政治有关，表示政权的更替。按照周代的历法推算，则朱熹之说应是周正（因为夏、殷、周三代用的历法不同）。现在看来，朱熹的话不对。近年浦江清的《屈原生年月日的推算问题》弄清天文学再来推算，调和了两说，另为一说，可以参考。自古来考研的人算来算去，都是周宣王二十年前后。我主张摄提是岁命，孟陬是夏历正月。这就出现了一个问题，是否当时的诸侯都用周历？从现有的史料看，古时的春夏秋冬四季的分配，是以夏历为基础的。“春”字古文写作“萅”，芚表示草刚生长出来。殷代的甲骨文，春夏秋冬非常分明。周代的诸侯各国，并不都用周历，楚国用的就是夏历。其他诸侯国大都是官方用周历，民间用夏历，这与民间的风俗习惯有关。屈原作为楚国的大夫，一方面由于对国家民族的热爱，另一方面又是楚之同姓，作品中用的是夏历。如《哀郢》《怀沙》等篇都是。用夏历是当时的民间风俗。②屈原是人民诗人，这说法是有道理的。他的《九歌》，原来就是民间之作。我的结论是：摄提是寅年，孟陬是寅月，庚寅是寅日。

庚寅是寅日，这不成问题，但它与下面两句有关。“庚寅”二字，从王逸一直到近代，还没发现有人把它看重。这是知其然，而不知其所以然。要想弄明白，就得对“名余曰正则兮，字余曰灵均”二句进行认真的研究。在两千多件楚国青铜器中，有四百多件的铭文中用“庚寅”的，估计这“庚寅”是楚国最吉宜的日子。这也是民间的风俗。

春秋以来的资料，如《诗经》《左传》上用干支纪事的往往同吉宜良辰有关，如作钟大体上是“丁亥”，理由也是民间的风俗习惯，是一种对宗教的信仰（关于“丁亥作钟”，可参看《文物》1979年第6期上庞朴的文章）。这又跟屈原作品中的“十日”有关。春秋战国时，关于“十日”的传说很盛行，有“十日代出”之说，也有“十日并出”之说。看来“并出”之说是原始的。“十日”的观念，是古代民间对光明的崇拜。许多先秦书里对此都有记载，就是儒家的经典，也常见。《史记·殷本纪》就多得很，先公先王的名号都与“日”有关系。到战国以后，士大夫也可以用日做名字了，从前是不行的。到汉代以后，什么人都可用日为名。了解了这点，对下面的“皇览揆余初度兮，肇锡余以嘉名”就好理解了。

“初度”怎么解释？朱熹说是初生时的时节，这解释不妥。其实，这与古时的民间风俗有关：“初度”，指的是初生时日月的躔度（指太阳与岁星的关系），那躔度是很好的，即寅年寅月寅日。表明了这是吉日里出生的孩子，屈原自己认为这是了不起的事。在我国古代，早已进入父系氏族社会。到春秋战国时代，生男生女，大不一样。男人的生日从寅开始为好，女人的生日则从申开始为好。因此，寅日就成了男子出生的吉祥日子。这是当时的民心，是民间的风俗习惯，也是一种迷信，我们对此不要回避。“庚寅”和“初度”与嘉名均有关系。

关于“览揆”。这得先谈谈人们知识的得来。认识依靠五官，而五官中，以眼最为重要。用耳只能听到声音，借助于手也不全面，只有眼睛能把形象的大小、长短、黑白看得很清楚，在脑子里才能形成牢固的印象。所以眼在人们获得知识的过程中，起着重要的作用。在屈赋中，“览、相、观”三字连用，都是通过眼的作用，表明了作者认识事物的层次。“览”，是从大处着眼。“相”，古文作[illegible]，是目光四射之意，表明是细看。“观”又进一层了。用an发音的，大都表明是细细地体察。我们搞训诂，必须懂音韵。

“正则”，是平的意思。平，古文作平，这就是司马迁所说的“平准”的“平”。平、准皆从十，即天平。对此我过去不敢说，现在湖南、湖北等地，特别是河南信阳，发现了战国时代天平的实物，可作为物证。水平就是正。中国古代的衡器，最早的就是“丁”这样的东西。所以“正则”就可解释为“平”，故太史公说“屈原名平”。

“灵均”的“灵”，在楚国意思是最好的，好到无以复加则称“灵”，如神灵。“均”等于“畇”，同一声符“匀”的，在古代可以相通。畇，原田也。《说文解字》：“高平曰原”，“灵均”就是代表“原”的意思，所以屈原名平字原。在古代，凡属同用一声母的，往往是一个字或是近义字。如“需”，就有“儒”表男子，“嬬”表女子，“孺”表小孩，都表示一种柔弱之意，都可以通用。

“降”古音洪，此字不简单。在《尚书》《诗经》中，只有天子的出生才能用“降”字。在春秋以前，一定是帝王才能用“降”，因此在古文中“降”字写作，即两脚从山阜下来之意。在古时，这“降”字皆与天有关，如“自天而降”，含有宗教意味。到战国时，士大夫也可以用“降”，但一般百姓还不能用。屈原自己说“降”，表示是天生我的，这里隐含着得天独厚之意。一个“降”字，表示男子之强，所以要“览”“揆”。

屈原从来不谈他父亲以前的曾祖、祖父，只写始祖，因为从春秋战国以来，对儿子的命名，都是父亲的责任。为了命名，才写上父名伯庸，只要说明他是高阳之下的成员就够了。这便足以证明楚国还多少残存着氏族社会的习惯，不受周朝的宗法制度的影响。西周的宗法，最重要的是祭“祖”与“社”，但屈原作品中很少称“祖”，因为楚国没有这习惯。

伍子胥投吴伐楚，掘墓鞭平王尸。按宗法社会的标准来看，是罪大恶极的，乃属不孝，但屈原却称颂他。如果用孝来责备屈原就不对了（在屈作中，只用一个“孝”字，“晋申生之孝子兮”，他不是不讲孝，只是他的宗法观念并不强），因楚保存氏族社会的东西多一些。他讲“义”与“信”，对于人伦的道德标准，屈原不大讲，不像儒家那样有浓厚的宗法观念。在《离骚》中，对祖先的观念就较淡漠。不仅没有孝父母的观点，也没有兄弟友爱之语，整天都谈“灵修”“兰”“椒”。他是三闾大夫，管三姓宗族、皇亲国戚的子弟，故考虑的就是这些。《离骚》只提“女媭”（这“女媭”有人说是姐姐，我认为是侍妾[3]），他并没有提到兄弟，由此可见其宗法观念不强。根据上面的分析，《离骚》的前八句，乃是整个作品的一个核心，第二个是“信”“义”，而“忠”是“义”的扩大。屈原讲“忠”“信”“义”，都有点宗教迷信。他只讲一般道德，不讲人伦道德，屈原的思想根源也就在这里。

屈原比较有唯物主义思想，他相信教育[4]，他希望教育出一批胄子来辅助君王，使楚国强大。我们读他的作品，时刻感到他是诗人、文学家，同时也是教育家。悲天悯人的思想，实际上也就是教育问题，教育人也教育自己，教育自己就是“修”。《离骚》说：“退将复修吾初服。”屈子到处讲“修”，不仅教人，而且对自己要求非常严格。但这不是周朝的宗法制度的“忠”与“孝”，屈原讲的“忠”，是忠于自己的“图腾”（楚国的“图腾”是“熊”）。

楚国的历史有一个很大的特点，它和齐、鲁、三晋不同。齐、鲁、三晋的诸侯把儿子分封出去，“三家分晋”就是这样出现的。楚国不这样做（楚只有一个王分封给一个儿子，其余没有），这说明并不是家族问题，而是如何维系高阳氏的系统，在《哀郢》中就有表达。他非常反对西秦，而不太反对三晋、齐、鲁。为什么“楚虽三户，亡秦必楚”？这种情况在齐鲁没有。怀王死在秦国，老百姓痛哭，全国大恸，这是民间的风俗习惯。楚国的阶级制不那么森严，士大夫和老百姓的关系比较密切。我们读《九歌·国殇》就可看到战士为国家奋勇打仗。在春秋战国时代，这情景在其他国家是看不到的。这就是氏族社会的感情。屈原的学识很渊博，但他的民族意识受氏族社会的影响也是比较深的。

林维纯　整理

【注释】

① 朱熹解“孟陬”云：“孟，始也；陬，隅也，正月为陬。”又于《辩证》卷上云：“摄提贞于孟陬乃谓斗柄正指寅位之月耳，非太岁在寅之名也。”此义盖有数不可从之说，一则顾亭林《日知录》以为“或谓摄提，星名。《天官书》所谓直斗柄所指以建时节者，非也。岂有自述其世系、生辰，乃不言年而止言日月者哉”。此就史法、文法及一定之逻辑推理而论，已足折朱熹之说。又朱熹以孟为孟月，陬谓陬訾，摄提指之，则日缠析木，系孟冬之月，十月非正月也。故朱珔《文选集释》谓：“按分野略例云，自危十六度至奎四度，于辰在亥为陬訾，十月之辰时，陬訾既为分野之名，去訾而加孟殊为不词，且以孟陬为十月，不得言始于此矣！”故清之大儒，如顾亭林、王夫之、戴震、朱骏声、马其昶，皆不用熹说云。

② 关于周之诸侯国，往往国书遵周历，而农事遵夏历。楚只用夏历，有关这问题的许多证据，详见《楚辞通故》“摄提”条，今简介如下：“摄提”《楚辞》共两见。王逸注云两说不同，一从《尔雅》，指岁名，一指星名。朱熹亦指星名。历代学者各有所从。然如以为星名，则屈子自序生世，有孟陬之月与庚寅之日，而不言年，于理似有缺略。故顾亭林《日知录》、汪师韩《文选理学权舆》非之，以为当指岁名是也。然周正建子，楚奉周朔，则寅月乃当时三月，何得曰孟陬，此但见春秋以来，孔子根据鲁史所作之《春秋经》是用周正之书本记载，而未见周室巡狩烝尝犹用夏历，则周亦不仅以子建也。且别国之实际情况及屈子各文中所表现之实

际材料，可指为夏正者多不可记。如《豳风》“七月流火”、《小雅》之“四月维夏”、《论语》之“暮春者，春服既成”及《月令》所云，皆夏正之错见于孔子之书、周秦人之著之例，此《尚书大传》所谓“王者有三代之后，听其仍用祖宗旧朔”。而民间稼穑之事，盖亦听以夏正从事。故朝廷虽行周正于上，民间自行夏正于下，至战国而列国亦莫不用夏正矣。近世所出楚器，当代考释诸家，亦多已指明其用夏正之实，此科学之根据不可否认者也。且就屈子各文而细绎之，凡稍有与时日牵涉之处，无不当以夏正解之，而绝不能以周正解之。则王逸章句，以孟陬为正月者，自屈子全书而通之，此通说之不可易者也。

③ “女媭”是屈子侍妾，并非屈子姊妹行。教者《女媭考》一文言之甚详，摘要如下：

《离骚》自称女媭以后义中多描写其“无识尾琐妇人之言”，从事理上说，即使原有如此不明大义之姊氏，恐也不至于写在文章中，痛快地加以渲染、批评，而下文总结时有“闺中邃远”之词，似也不应当以闺中指姊氏而“申申詈予”。“婵媛”乃是一个形容面柔体柔、婉转作媚不甚庄严之语词，此等形态语气不宜指姊氏，而当为小妻，则情态既调、词气遂顺矣。……“须”字汉人多用称女子，（吕后即称吕须）当即汉人所用嬃字，《七谏》《荀子》《哀时命》皆用之训为好女，须、嬃古双声同韵，一音之变。盖以“须”字为女娟美幼小者之谓，如后世之用“娥”“秀”“娟”之类。

施愚山以为“须，女星，主管布帛嫁娶……古人多以贱名子女，生女名嬃犹生男名奴耳！”（古说织女星为贵，须女星为贱。）

按须本出声借，而媭则后起分别字，自借字又转化为专字也，其字当为嬬字。《易经》“归妹以须”，《释文》引陆绩本作嬬，而从需字又有幼小义，故小妻可曰嬬。

吴景旭《历代诗话》亦以屈原为高阳、伯庸之后，其家世何等，而又命名为“正则”“灵均”，然“女媭所詈者乃以判独离为其病，岂贤姐哉，且若为姐氏，原既以放来归，谕令自宽，岂得申申詈之哉，则女媭之决非原姐矣”。吴说可从。

④《离骚》有“余既滋兰之九畹兮；又树蕙之百亩。畦留夷与揭车兮，杂杜衡与芳芷。冀枝叶之峻茂兮，愿俟时乎吾将刈”。

第七讲　《离骚》析疑

今后几讲，我不想逐句解释了，想提出一些有分歧的说法和新鲜一点的字、句、章、节来，同大家商量。

一、《离骚》称经新说

在洪补朱注本《离骚》题目下都有个“经”字。洪补说：“古人引《离骚》未有言经者，盖后世之士，祖述其词，尊之为经耳，非屈原意也。”然而朱熹注本，除“经”字外，在《天问》《九歌》以下各篇都冠以《离骚》二字，甚至宋玉以下各篇又都用“续离骚”三字冠之。这引起了后人议论纷纭。先秦诸子的著作有总结性的篇章、分疏性的篇章，但用“经”字的主要是总结性的篇章，这是汉儒注释的体例。但也并非始于汉儒，《春秋》有“经”与“三传”。经传对称，久已存在。但《仪礼》称《礼经》并无传之说，《论语》不也是总结性的书吗，也并不言传。墨家也有《经说》（上、下），也无传。《庄子·内篇》大体也可以算经嘛，而曰内、外，则经、传二词，正是汉儒的说书体例。至于用到屈子文集，真如洪兴祖所谓“后世之士，尊之为经耳”。

不过屈原作品二十五篇，《离骚》一篇确有概括总领的气象。《远游》重点说了个“游”字（《离骚》游字之扩大），《九章》《卜居》《渔父》各得一偏；《九歌》照王逸以来旧说是屈子寄托之词，则也不过是偏军；《天问》其实也是屈子引述的古史零简，而以“皇天无私”等类的天道说为中心的发挥，不也是偏军吗？所以《离骚》看来是有作为总纲主旨的资格。《离骚》称经，从版本上说，是无甚意蕴可说的；从义理说，是很能概括的字例。后世讨厌一个“经”字，因而也否认这一标题，我看是不必这样来认识的。

二、以下分疏一些疑难杂症

1.“恐年岁之不吾与”一句，是个研究屈子的线索。《离骚》大致有两条线索：一是关于屈子生年的“恐年岁之不吾与”“老冉冉其将至”；另一个是讲到“修”——自修和修人。对于这两条线索，我们在研究屈子思想时是要注意的。

在“女媭之婵媛兮”以前为一大段，以后就是求女、教育和教养的主要问题，而在第一大段中就以自我修饰为基础。

关于《离骚》的分段，历来不一，归纳起来大致有九十五家之多。我把它分为三段。[①]从表面上看，《离骚》像是反复，但其反复、重叠有其作用，比如讲“修”，前面主要讲自己，其次讲修人，强调教育的作用。最后是“悔”，他要“退将复修吾初服”。而在这里，年龄是楔子，从青年到壮年到死，“修”是同年岁息息相关的。从表面看来，两段似是重重复复，细看下去，其实第一段是说自己，第二段是教育胄子，思想脉络是很清楚的。

还有“道”“步”“路”，这是一个体系，它们相连相扣，主要是讲教育问题而不是说自己。“来吾道夫先路”，说的对象是君王。这里讲路，是站在客观的立场上，讲一种客观的现象。“路”又是上段的组织线索，同“修”“年岁”结合起来，少年时“道夫先路”，中年时导胄子，至晚年导自己。这三个楔子，是《离骚》的组织要点。

从“恐年岁之不吾与”讲到“朝搴阰之木兰兮”，这不是“修”的作用吗？《离骚》并非青年时之作，也不是到老年时才写。从内容看大概是两次放逐以后之作，因为作品中讲到“修”，讲到中年以后的事。

2.“恐美人[2]之迟暮”的“美人”，指的是楚君。屈子对楚王有三种称呼：美人、荃（荪）、灵修。三种称呼有三种不同的意思。“恐美人之迟暮”——以满腔的热情倾注其间，寄希望于其间。“荃蕙化而为茅”——隐晦一点，带有批评、比较之意，是有分量的，用作比喻，因“美人”不能指斥，所以只能用“荃”。“夫唯灵修之故也”——有赞美意，也有寄希望之意。修，美好的样子，但冀望失败了。上面这几种不同的用法，表现出了诗人各种不同的感情。“恐皇舆之败绩”中的“皇舆”是表尊敬之词，也表示惶恐的心情。心中慌乱得很，但感情有深浅、多少的不同，他把国家放在个人修养之上。这里说的“皇舆”是指国家，但也包含国君在内。

3.“忽临睨夫旧乡”“仆夫悲余马怀兮”[3]二句，说的是诗人看到故乡了。这个“乡”应指昆仑山，即高阳氏的发祥地。《离骚》的组织是非常细密的，读它，不能不深一层去发掘。即如“先路”，是有所指的，这就是指“昔三后之纯粹兮”以及“尧舜之耿介”。

4.“纯粹”“耿介”两词是屈子的一种最高政治标准：屈子的思想大体是个“中”字。似如下图：

中道——中正——刚健，笃寔、光辉 ＜ 纯粹 / 耿介

这里的“中道”与儒家的“中庸”完全是两回事。屈子的“中”是“中正”，与屈原名平的“平”是一致的。

什么是中正、中道呢？古时讲中正、中道，一定与“刚”字放在一起。从文字学观点看，“中”是指日中，形象为，旗子在日当中才为中，下面的≈是旗子的投影。古代凡与众人有关的事，皆以日中为度。日当午时，光最强，不偏倚，故有“日中为市”之说，所以“中”是不偏不倚之意。从太阳来说，是最刚健的时候。说到“中”，必然是“刚中”之意。“中”含“刚”义，也即是天行健的“健”字，日中为最明，故又可引申作“明”字讲。如“耿介”即后人所说光明正大，耿介的对立面是猖披，是阴暗，亦即阴谋诡计。

“中”是本质的平正之象，引申为一个道德标准，用“中”字，是来源于人类对光明的崇拜，故古代政治思想史中有“明德”这一术语。明德者，天德也，亦即大德。这说法在《尚书》《诗经》中很常见。在殷商时代，帝王才能用明德。根据《尚书》的记载，到西周时，诸侯也可称明德。春秋以后，大夫也可以称明德了。到汉以后，老百姓也能用。[④]“中”是有关政治、道德作用的。屈原讲的“明德”作

用（“天德明明”是也），与北方三晋有相同的地方。北方讲“明德”为“大学之道”，如“大学之道，在明明德”就是讲做天子的标准。这“明德”在《楚辞》中也可以看到，而且还用了“耿介”和“纯粹”这两个名称来代替。

5.“曰黄昏以为期兮，羌中道而改路”二句，是衍文，可能是“错简”进来的。朱熹说过，《离骚》两音一解，这就可以说明此二句是衍文，他是从音韵学的角度分析出来的。

6.“哀众芳之芜秽”一句，省略了主语。在《离骚》中，往往省主语；省主语的，往往是屈子自己说自己。因此我们要看上下文，如“老冉冉……”四句，写得十分细密。

7.“落英”之“落”，作“始”字讲。

8.“愿依彭咸之遗则”中的“彭咸”与末尾的“彭咸”是一个人。[⑤]清儒读书的最大毛病，就是只注重个别文字的解释，只管一句而忽略了上下前后内容的连接，这也是汉学的毛病。有些人往往把文章搞得支离破碎。此外再加上宋代理学的理障未通，于是反而搞乱了，譬如根据《尚书·尧典》的“克明俊德”，证明“尧典”是战国末年所撰。因为以前“明德”二字不拆开来用。有些讲训诂学的人，不讲词气。近代讲《尚书》讲得最透的是湖南的曾运乾，著有《尚书正读》一书，他从词气来区别正误。广东的陈兰甫对《尚书》也解得不错。我们用词气来解“愿依彭咸之遗则”“将从彭咸之所居”，就非常明显，不能解作“跟彭咸去死”。

9.“退将复修吾初服”及“制芰荷以为衣兮”两句，是第三种“修”，到水中去修，芰荷为衣已多少有点“仙”气。这是不得已之修，是到一个人所不能到达的地方去，这一点要与《远游》相对读。

10.“芳与泽其杂糅兮”的“泽”，应是“皋”之误。“皋”误为“泽”，解不通。“皋”，即“臭”之形误。“芳”与“臭”就解得通了。古时的“皋”字省体为臭，这字的下半部为“大”字，而“本”的省形亦近似“大”字，故误。“皋”字在汉印中乱得很，“皋”的省形就近似“臭”字。据《后汉书·马援传》的记载，成皋的三个官印中的“皋”字就三个样。“芳与泽”，本可合一，并不矛盾，只有芳与臭才称得上是杂糅，所以我们可判断这“泽”字为“臭”字之误。

11. 关于“女媭”，我根据文字学的观点，认为她是屈原之妾。吕后的妹妹叫吕媭，媭等于嬬。认为“女媭”是妾，符合当时的社会制度，因为在战国以后，妻有固定之房屋，只有妾才随时在丈夫左右听从使唤。“婵媛”是柔美貌。“詈予”合乎妾的身份，侍女就不能用“詈予”这词了。

12.“女媭之婵媛兮”一段，是总结上文的话，是从第一大段到第二大段的桥梁。“依前圣以节中兮，喟凭心而历兹”二句，是屈原总结自己的话。他满腔愤怒，只有济沅、湘南征，向重华陈词。上昆仑以后的一大段，是神绪上的遨游。最后走到楚之发祥地——昆仑，一看不成，仆夫悲，马也悲。我是人，悲更甚矣！最后表明他那深厚的爱国感情，只好回去吧，回去最多是一死殉之！

13.“女媭之婵媛兮”至“夫何茕独而不予听”一段，皆女媭之言。下面接着是“济沅湘以南征”，向重华陈词。这是为什么？这同舜征有苗，南巡死于九嶷山的神话有关。这神话传说流传已久。二妃闻舜死，便投水而死，成湘君、湘夫人。这说明舜与南楚的关系很密切。徐炳昶《中国古史的传说时代》一书对舜伐三苗等史事有所论述，可供参考。

14. 三苗，最初大概在今天的湖北全部、湖南的北部、江苏的西部、江西的北部以及河南的南部，后来三苗往西走，同庄蹻入滇的路线大体相同。因此在屈子的作品中有不少西部地域的名称，如《天问》中提到大江的源头，讲到“三危”（今云南怒江）、“交阯”（安南）等地，诗人对于西边的地理讲得很清楚。这在战国前后的文献中是没有的（《尚书》的编成，可能在战国末）。根源就是“三苗”跑到西边，并到了西藏，从西路进一步认识了昆仑，所以屈子有上昆仑的思想。东边有蓬莱，但屈子不讲蓬莱三岛；别的子书都讲蓬莱，屈子则讲扶桑，东西方皆有扶桑，日落日出之地皆称扶桑。

15. 重华是东方民族，是殷商族，非夏周族。舜到南方，是楚国加入中原文化最重要的事情。对于东方的民族文化，楚国也继承下来了，所以舜便成为楚民族最敬仰的人物。（参《夏殷民族考》一文及第四讲注②）

16. “举贤而授能兮，循绳墨而不颇”，这是屈子要表达的中心。从“览民德焉错辅”一句，又可看出屈子也受到儒家思想的影响。（因这两句话即用《尚书·泰誓》“天视自我民视，天听自我民听”之义，故亦与儒家思想同流。）关于这问题，抗战时我在云南与闻一多先生争论过。要说屈子属哪一家，似不适当，因为中华民族是无所不包的。从历史发展看，自汉以后，西北、东北、北方的民族相继入侵中原，但汉文化却一直保存着，同时也吸收了别族的文化，但又不被别族文化所融化。我们汉民族是非分明，但比较含蓄。闻一多曾说屈子没儒家思想，还称道他是楚怀王的弄臣，而后来改变了这看法。我国过去是封建专制的国家，有些传说把历代的封建皇帝都说得很坏，很腐化。当然，其中有腐化的，其实有些并非如此。我们应看到，每个做皇帝的，都怕老百姓。最腐化的要算慈禧太后，但未必比得上外国一些君主的穷奢极欲。（我见过宣统皇帝的卧室，比起拿破伦的豪华，就差得很远。）《离骚》中的“皇天无私阿兮，览民德焉错辅”，可说是屈子一生的精神寄托，这也是受到儒家思想影响；受点影响，绝不能说就是儒家。

17.“耿吾既得此中正”，即得到了中正之道。于是要走了，从此开始神游，神游的目的是访贤。

18.“羲和”指的是日御，即驾日车的神。《尚书》里叫“羲仲”“羲仲叔”，而屈赋作“羲和”。“羲”的本字是“曦”，“和”就是“娲”。日神和月神结合生十子，故有“十日”的神话，天干也是从“十日”的观念产生的。“昧爽”也就是“羲”字，“爽”字本来的写法是。我国的历法，以月为基础。天干的“十日”，大概是先民观察天象的记录，每月三十天，每十天为一旬，月亮十天一变化，非常明显。古人往往用这些观察到的现象表明一切。譬如月初叫“朔”，月中叫“霸”（即魄），每月的初三为“生霸”，因为每十天一变化，故用“生死”来说，而不说初一、初二。我国古人研究天文历法，主要靠两眼，看月亮最清楚，所以用月作为历法的基础。早晨叫“曦”，日初升也。人们对中午、晚上都有专门的名称。日即伏羲。由“娲”到“嫦娥”，有一发展过程，娲、娥，是一音之变，一个日神，一个月神。在《尚书》中，伏羲是日官，《楚辞》则称为日御。

19.《离骚》中的求宓妃、求二姚、求佚女等，是表示求贤。在北方的诗歌中也有这情况，如《诗经》中的一些作品，写求贤妃来辅佐君王。屈子的诗是求一个好女子来帮助国君治理国家。古人常常以男女关系来说明君臣关系或朋友关系，在文章中也常常这么办。怀王的妃子郑袖祸国殃民。在楚国历史上，这类荒唐事很多。《离骚》中举出三个贤女，隐含着诗人对楚君荒淫的谴责。

三个贤女都各有好处，但都各有弱点。为什么找三个？很难说，这可能是"三"代表了"多"的成数。

20."蹇修"，王逸说是伏羲氏之臣也。有人又说是"美"的通称。章太炎先生认为"蹇"等于"謇"。[6]这也没有解决问题。我则认为这两字是"鸠"字，两字快读便为"鸠"。从语言学的角度看，"鸠"就是蹇修。在先秦古籍中，"鸠"是一种媒鸟，就是"高禖"。[7]《关雎》中的"鸠"，就是"雄鸠"，与此合。春天来了，就到"高禖"去求子，雄鸠鸣叫为媒。

21. 诗人在没有办法的情况下，只好去求灵氛、求巫咸。诗中说要到昆仑，实则是到祖坟上去哭诉，因为昆仑是楚之发祥地。古今的人，在风俗习惯上还有相通之处。“流沙”在昆仑的北部、甘肃的中部。“西海”大概指新疆天山南路的海。《九歌》是夏禹之乐，后来也是楚国之乐。“旧乡”并非楚都而是指高阳氏的所在地，是指楚祖先的葬地。“马怀”的“怀”，有人说是“瘣”，马病也。《诗经》有“我马瘏矣”，诗意同，但意思不完全一样。看到了祖坟，不仅我想念，仆夫也在想念了。“越鸟巢南枝”“胡马依北风”是也。诗中的“故都”才是指楚国。“国无人莫我知”，这就到了末路了，我将找彭咸不回去了。彭咸是一位通上天的人物，是人间与上天联系的神人形象，不一定是水居。屈原从彭咸之所居，目的是以求上达天庭，希望能求得思想上的解脱罢了。

22.《离骚》一诗，表现了屈子一生的经历，是屈子一生中种种感情的抒发，也表达出了楚国的现状和将来。与《离骚》有关系的《九章》《卜居》《渔父》《远游》四篇，可以用来疏证《离骚》，找出互证。这也是求内证的好方法。

23.《渔父》中说的“沧浪之水清兮，可以濯吾缨；沧浪之水浊兮，可以濯吾足”，这也是指“路”。意思是说，遇到清水，可以洗帽子；遇到浊水，只可以洗洗脚。

24. 屈赋与《庄子》有相似之处。[⑧]屈原不是纯粹的文学家，也有其思想体系。对于他的思想体系，要好好进行梳理。

先秦的人，只要是能称得上“家”的，都有其一定的思想体系。宋玉则不成为一家，因为他没有一个中心思想和自己的体系。屈子之作，大致可分成三大类：《离骚》《九章》《远游》为一类，附《卜居》《渔父》；《天问》为一类；《九歌》为一类[9]。《庄子》的内七篇是主干，外篇就相当于《卜居》《渔父》。我们可以把屈子看作诸子中的一家，但他又与别的家有所不同，这是要好好研究和梳理的。

林维纯　郝志达　整理

【注释】

① 《离骚》分段问题：自汉以来读《离骚》的人，都觉得是反反复复，说得好听点是一唱三叹，就连朱熹这样一个读书很细心的人都有此感。其实文艺的分析是“后出转精”，宋、元以前都有点混混沌沌，到明代，尤其是明代末期的人才认真考虑，细腻推敲。我曾搜集包括近世几个日本学者在内近百人的分析资料，到现在《离骚》一文的脉络才渐见清楚，各段含义也渐见明晰，我在《离骚章句大义分析》一文里选了七八家的分段法（见《楚辞学论文集》，上海古籍出版社），已很能启发我们。我将此文分为三大段，每

大段里又分为若干小节，细心去读，是可以明白的。这三大段中第一段是自道身世与志愿。第二段是欲辅国而求贤，求女不得（求女这颇有《诗经·关雎》乐得淑女的心情），去国不可能，然后生发出第三段神游西土求以寄怀念宗邦的情思。每大段都扣合主要含义，认真切实地上下左右前后地考虑其反复之处，总不离宗子忧国一念。

② 古人经常用一种事物比喻他人。用“美人”一词，比君王、朋友、神是常见的，这与汉以后的以夫妇比君臣、朋友，词义更亲切，而用意则相同。大体“美人”于情为最切近，“荃蕙”则稍临空，而“灵修”则远望不可即，各与上下文情相配合。

③ 旧乡、仆马是春秋战国以来远征之士所习用寄意之语，如《诗经》“我马瘏矣，我仆痡矣”，当即此“仆夫悲余马怀”之意，这应当是屈子读诗而拟之作（不然西游时只有飞龙、象车、凤凰，而并未有一丝“马”的痕迹，但忽于此言马，不很可怪吗？）。至于旧乡，屈赋有两类词很需要注意，一是说旧乡、故乡，一是说故都、故国。自王逸以来，对此两类词认识模糊，经常分不清。其实，细读《离骚》《远游》《九章》是应当有区分的。凡用“乡”字必指楚先人的坟墓所在或发祥之地，如昆仑等而言，绝不是指他所居息的郢都。（而“国都”则指郢都，楚之京都。）若此处解为国都，则下文立刻说从彭咸之所居，岂不矛盾了吗？用“临睨”二字则临之而后睨，睨之而后见故乡，此时之临，正临昆仑也，安得拉上郢都？

④ “明德”一词是中国古代的一个政治术语，最早的、最庄严的是

表现着一种在人身上体现的神权意识，只有最高统治者才能用，后来政治制度扩大，“天命”“天降”等为政治所代，然后这个词才渐变而下降用到一般的官吏大夫身上。对于这事，教者的《古代光明崇拜考》、姜昆武《诗书成词考释》中有独立的篇章《明德》言之最详尽，可参。

⑤ 彭咸（及第八讲注③中的彭铿）当是一个传说的各方面的分化人物，与灵山十巫的巫彭、巫咸可能是一源。《楚辞通故》“彭铿”条说之甚详，今举其要于下：

彭铿即彭祖，南楚所传古道行之士，老寿之人也。惟古今言彭祖者，多与《论语》之“窃比于我老彭”之老彭，以及与《离骚》《九章》诸文之彭咸混言之。俞正燮《癸巳类稿·彭祖长年论》，考之极详，可参。按彭铿之为彭祖，似无可疑，然老寿之说，只见于南楚诸书，他如《郑语》《帝系》《世本》皆无此类传说。《天问》所说与《庄子》合，则又楚史之所独传也。《庄子·逍遥游》《庄子·刻意》，皆言彭祖长寿及修炼之术，而又谥之曰道引之士，先秦以前言彭祖寿考者，无详于此。而《天问》亦言之，且有“何所不死？长人何守？”之问，则长生永寿之说，亦屈子文中所常涉者，则彭祖老寿，盖为楚之故传无疑。大约战国之世，生产关系转变，剥削情况更严，战争更多，人逃死不得，世事变化更大，旧制已烂坏不可常守，于是而有遁逃，否定制度，否定政治，超然物外，遁世求生之思想。此种思想，以楚南为最甚，而三齐次之，此老庄之在南，神仙诸说之在北，盖有由也。

至彭祖与彭铿之为一为二，历世亦有辩说，似难为断，然彭祖言寿考，与此彭铿亦言寿考。屈子之彭铿，固与庄周之彭祖为一矣。

杨守敬则说铿字衍，又以篯是名，非姓，皆确不可易。俞樾有文论彭咸非水死，又有一文论彭祖即咸，咸、铿一声。说可参。其言曰："按彭祖名铿，铿从坚声，《广韵》坚音古贤切，而从咸得声之字。缄、瑊、鰜并音古咸切，则咸与坚亦双声也。彭咸或即彭铿乎。《论语》：'窃比于我老彭。'包注老彭殷贤大夫，邢疏以为即彭祖，而王逸解彭咸亦云殷贤。《离骚》之彭咸、《论语》之老彭，同为殷贤大夫或一人，与《尚书》巫咸，《山海经·大荒西经》言巫咸，又言巫彭，《海内西经》言巫彭不言巫咸，疑本一人。巫者，其官也。系氏言之曰巫彭，系名言之曰巫咸耳。然则《离骚》之彭咸或又即《尚书》之巫咸，与古事无征，不可质言，姑存其说如此。"

⑥ 王逸说蹇修为伏羲臣名，朱熹以为人名，似是下女之能为媒者，诸家之说都找不到根据。太炎先生《菿汉微言》云："今谓蹇修为理者，谓以乐声为使，如《司马相如传》之以琴声挑之，《尔雅·释乐》'徒鼓钟谓之修，徒鼓磬谓之蹇'，则此蹇修之义也。古人知音者多荷蒉，野人闻磬而叹有心，钟磬可以喻意明矣。"按此说最为有致，然《尔雅》鼓钟磬之说不见先秦典籍，疑只杂采方俗之语，今不可知。自语言角度定之，颇疑即《诗经》《离骚》所传以鸠为媒之说之饰词云云。

⑦ "高禖"古传说中求子的神，这神有自己的庙，大概在春天布谷鸟鸣时，允许夫妇在那庙中求子，这是殷民族的一种传说。

⑧ 庄子的文章有个正式的哲学体系及基本的逻辑基础，他认为物质世界存在一种无差别的境界，他的哲学体系是要努力冲破天与人的界限，对于政治，认为是一种人为的、不齐的、强凌弱、众暴寡的政治组织，用一句世俗的话总结庄子的思想，可说他是出世的。至于屈子思想则完全不同，他有他自己对人与人之间伦常的道德安排，主要是忠、义，最高点为“美政”，就个人来说，他重点放在修养，目的就是他的道德安排。他对宇宙的观察也有一套体系，一点也不像庄子对宇宙的神化看法，从《天问》来看，主要讲的是天体，而把天庭的组织人格化，更足以说明他不是出世的思想，他试图以人世的规格窥测天德，也和儒家一样把天德看成“明明之德”，以此作为人世修养的最高标准，即使《远游》里似有些道家出世思想，但从整体看，全是入世的，要是有出世思想，他就不会自杀了。

⑨ 实际分析《渔父》《卜居》，不过是屈子思想的集中表现；这类思想，实多散见《离骚》《九章》《远游》，故我正式分为三类，把《渔父》《卜居》归入《离骚》中来讲。

第八讲　论《远游》及其他

前面说过屈原的作品可以分为三大类。已讲完了第一大类里面的《离骚》，今天主要是讲《远游》，想把第一大类的问题讲完，恐没有时间像《离骚》那样分析了，只能讲主要的意义。

为什么在《离骚》之后接着讲《远游》呢？我认为，《离骚》和《远游》是从同一个思想根源生发的两个不同的支流。所谓同一个思想根源是指屈子这个人是楚国的宗室，受怀王的信任，后来被人谗害，两次放逐。（有人说是一次，我现在倒也赞成“两次”的看法。）在朝时，他原是一个很重要的臣子，“入则图议国事，以出号令；出则接遇宾客，应对诸侯”。结果被贬谪江南，最后跳水而死。这样的一个人，受谗害以后，他的自处可分为两个阶段：一个阶段大概他还年轻，还想努力替楚国做点事，并且希望朝廷中能有一班同心同德的人帮助他去做。他最早寄希望于楚国的宗姓、宗室，书上叫子兰、子椒。其实所谓子兰、子椒，历史上并没有这两个人[①]，屈原只是借这两个名字来说明这件事情。（关于这两个人，我是有考证文章的。）他后来发现宗姓不可“恃”了，“兰、蕙化而为茅”，这个打算无法实现了。那怎么办呢？于是，就到处去“求女”，求贤人来共同治国。在历代文艺创作方法中，有一个很特殊的现象（但也并不是只有中国才有，别的国家也有，不过中国是很特殊的），把男女的关系，或者就是用一个女人作为君臣、朋友的替代。词面尽管是说男女，而词底的含义是说君臣。[②]所以在《离骚》中就写到处“求女”，但最后也失败了。那么，他如何安排自己呢？他有两个想法，一个是我“退修吾初服”，退在家里修我的“初服”，但他不是一个普通的臣子，他是楚国的宗亲。在中国古代社会中，血缘的关系比什么都重要，血缘的关系同周家的所谓宗法制度不一样，血缘的关系是氏族社会根基的遗留，因此他就要退回家去修养。因为他同祖先高阳是一个血统的，一脉相承的。他的退，顶多是退出朝廷，退出“故都”（“故都”这两个字很重要），而没有办法退回到“旧乡”（旧有的乡邦）。他用“故都”“旧乡”，这两个词是有区别的。这件事历代讲《楚辞》的人都不了解。他讲“故都”就是指楚国当时的都城，“旧乡”指的是他们楚国先人的发祥之地。他说“退将复修吾初服”，就是说我退，离开故都是可以的，但我离开“旧乡”是不可能的，因为我是楚国的子孙。这里可以打个比方，在抗战前期日本占领东北成立伪满洲国时，章太炎先生说，我们现在离开中国是可以的，可是离开中国的文化、离开中国这个民族是不可以的，因为我们是黄帝的子孙，就是这个意思。那么，“退将复修吾初服”不可能，这是他的第一个阶段。那怎么办呢？自己找不到解决的办法，最后才去问人，问谁呢？问灵氛，问巫咸：我到底该怎么办？灵氛回答说：天下到处都要人，你到哪个地方去不也一样吗？何必非得在楚国呢？这是一个“外人”所说的话，不是一个忠于民族的人的态度。他听后认为这话不对。“巫咸将夕降兮，怀椒糈而要之”，巫咸告诉他说：天下处处都可以去，你何必一定要在楚国呢？这句话也说明他不知道屈原忠直为国的思想。本来，“卜以解疑”，他的疑惑是应该解了，但事实上却没有解决。他还得上天下地去找，这只不过是屈原的一种想象而已，不过他这个想象就是他远游的根源。结果找到昆仑山了，找到“旧乡”了，找到高阳所“封”的地方了，看见“故乡”了。不仅他悲痛了，他的仆夫也悲了，他的马也悲了。他想，我不能真正到天上去。要是一个真正要到天上的人，到了天上不就很好了吗？看见故乡为啥还悲呢？就是他看见了先人创业之不易。就好像我们回到自己祖坟那里去，看见祖坟就会想到我们这个家族一样，因此屈原就“退”不了。退不了，可是也没办法啊。为什么没有办法呢？因为国家的措施都“莫足与为美政”。没有一个美好的政治，我没有办法做事，那我怎么办呢？我就只好“从彭咸之所居”。对于这句话，后人解释说，彭咸是古代的一位贤者，谏而不从，跳水而死的。实际没有这回事，这完全是汉儒注经家造出来的。彭咸是个什么人呢？在我看来就是《天问》里边的彭铿。[③]现实政治是这样恶乱，我要做事情不可能，那么好，我不管了，我好好地保存自己活下来。这是不是“活命哲学”呢？不是的。因为上面说“莫足与为美政”，假如现在有足以与为美政的人，当然就不退了。因为现在没有，所以我要退隐，这就是屈子第一阶段的思想。大概他这个时候是在汉北。我对屈子作品的编年，是把《离骚》放在汉北的。到汉北后，楚国的政治上离奇、欺骗的事情越来越多，国家没希望了。虽然如此，在《离骚》中还是求贤卜道，到了《远游》时，这些都不想了，为什么呢？试看《远游》第一句话是“悲时俗之迫厄兮，愿轻举而远游”。即轻轻地飞了起来，高高地远游。“轻举而远游”这句话，就是《离骚》里的“叩帝阍”，所以“远游”的思想在屈原比较早期的作品——《离骚》里已经有了，不过他是用另外一个方法来处理它的。前期他对政治还有些希望，到了作《远游》的时候，他对政治已经不抱任何希望了。不仅仅时俗已经没有办法了，而且已经到了“厄”的阶段了，所以这个时候的唯一出路是“轻举而远游”，就是高高地飞了起来，远远地去了，就是游于上天。这话不仅见于《远游》，《卜居》《渔父》都有。《卜居》中“宁超然高举，目保真”，超然高举远远地逝去，借以保存我自己对于国家的贞固之情。因为你们朝廷上都是乱七八糟的人，我现在再要回到政治舞台上去吧，又没人帮助我，我一个人也不会有什么大作为了。既然如此，我只好高高地“举”，远远地“游”，暂时保持住我这贞固的感情。《渔父》里也有这句话，“何故深思高举，自令放为”？你何必考虑得这样多，而自己要远远地走掉呢？结果是自放于人世间。所有劝他不必这样做的人都不是楚国宗支上的人。所以屈原肯定是不愿意离开楚国的，但到了感情实在无法安顿的时候，也没有办法，如像《离骚》里就想要到处找人帮助自己，但最后还是“莫足与为美政”。等到了《远游》以后，时俗已经“迫厄”了，楚国要亡了，那我怎么办呢？我只好是“轻举而远游”。轻举，躲开；躲开怎么样呢？看看楚国还有没有希望，还寄希望于未来。他的希望在哪里呢？在南方。为什么希望在南方呢？这里边有个历史故事，不过这个历史故事过去没人敢这样讲，我大胆地这样讲，是希望将来会有人，包括在座的同志继续搞下去，肯定会搞出道理来的。譬如《离骚》里寄希望于昆仑山，见昆仑山而悲伤，因为没有美政。《远游》里没有政治上的话，他冀望于南方，为什么呢？大概在怀王二十九年的时候，庄蹻暴楚、暴郢。[4]庄蹻这个人据说是楚国的“大盗”，又有人说是楚国的皇亲，那是另外一个问题，不去管它。庄蹻在郢都作乱暴楚之后，他到了云南，做了“滇王”。这个楚人离开楚国到外边再成立个宗室。屈原对庄蹻这个人是有些冀望的。所以在全部《楚辞》，尤其是《九章》里，经常提到南方，这是很重要的。《九章·涉江》中说“哀南夷之莫吾知兮”，南方之人不知道我屈原是个什么人，我要到南方去同他们联系，希望能恢复自己的国土。要恢复国土为什么要到南方呢？因为北方很多地方都为秦所占领，秦把巴蜀占了，秦从三峡可以随时到武汉，从洛阳陆路随时也可能走下来。在北方是没有希望了，要恢复国土只有从南方打过去。他想到南方的楚人只有庄蹻是了不起的。庄蹻这个人，虽然不能说是忠臣，但是个勇武的人，所以屈原诗中有些句子寄希望于南人[5]，要到南方去，但他一看也不行了，因为“哀南夷之莫吾知”，南人不了解我。对庄蹻的希望也没了，冀望于南方也没了，所以到了《远游》这篇文章时，远游到南方就算了，是最后的解决办法了。《远游》里的方法是两个，《离骚》是三个。《远游》的方法：一是根据仙人王子乔之前求地仙的方法，要自己羽化而登仙，等到后来突然觉得这个想法不行，要求登仙也不对，不求登仙了。然后是第二个方法：上天游，远游四方，这个远游四方是词面的话，词底是要看看四方有没有人能帮他的忙，一般人帮忙是不可能的了，看看四方是不是有具有特殊力量的人。在天上、西方、南方、东方、北方的神都找到了，到后面有两句话同《离骚》是完全一样的："涉青云以泛滥游兮，忽临睨夫旧乡。仆夫怀余心悲兮，边马顾而不行。"游到后来还是想到楚国，还是我的国家才是我安身立命的地方。所以我们说，《远游》这篇作品是屈原为了挽救楚国的危亡，已是时俗迫厄之时，无望了，在不得已中求得个人的纯洁。假如仅看表面，所求的似乎是个人的出路，而实际上是求国家的出路。所以我看这些年来研究屈原的文章，只是从词面意义上来探讨，而并未从词底思想的深处，也就是没从潜在的意识上来挖掘。到这篇文章最后——"与太初而为邻"就结束。"与太初而为邻"就是归于"生之前"、归于自然的消亡，《离骚》求从彭咸而离隐，《远游》则返其本始，归于太初。所以创作可能是在《怀沙》之前，屈原写好《远游》后怀沙而死。总之，文章格局与《离骚》全同，而情思则返于自然意境之超脱，情思是无可奈何的一死，而假托之于太初。这是屈原境遇的发展，也是屈原思想的发展。他处处想挽救楚国，找胄子，到天上求女，到最后没有办法了。《离骚》还托义于美政，而《远游》则受终于迫厄，所以在写《远游》时，美政也已不入情思之中。因而《远游》这个题目实在同于《离骚》。

过去大家讲《离骚》这题目的含义时，都是讲遭遇忧愁。我近一二年来想到，还是解为“离别”的“离”好，因为这样可以同屈原的全部作品及作品中的政治思想联系起来，就是从整体认识问题，暂时逃开政治骚乱的楚国，这就是“离骚”。[⑥]那时楚国只是政治骚乱，没有美政。政治上不好，还没有到“时俗迫厄”的程度，等到《远游》时已经“时俗迫厄”了，只好一死了之。从他谋篇布局的方法、思想体系的情况以及他的创作方法来看，《离骚》和《远游》是完全一样的。所以《离骚》，我们应把它看成《远游》的初形，而《远游》则成了《离骚》的极则。这里我还要谈一下，《远游》这篇文章，近八十年来已被搞得乌烟瘴气，给它涂黑了。这当然也不是近代才开始的，洪补里已经有这个话了，说《远游》同司马相如《大人赋》非常接近。我们现在的楚辞专家根据这句话就说《远游》是《大人赋》，把《远游》中的一些句子，同《大人赋》中的句子对照一下，二者有很多相同之处，就说是一篇文章的两个底子。这话乍听起来是可信的，但细想一下，这是骇人听闻的考据、骇人听闻的辨伪。说二者有关系，或说这两篇文章一是初稿，一是二稿，甚至于说《远游》是抄《大人赋》的，但反过来我可不可以问：会不会是《大人赋》抄《远游》的呢？这是一点。二是，我们从《远游》的思想看，同《大人赋》是完全两样的。《大人赋》完全是以求长生不老的思想为基础，是一种游乐，是一种夸张，毫无一点悲悯的情思。而《远游》虽然也有这种思想，前段找两个仙人求长生不老，但后来又否定掉了，尤其是思故乡一段，陡然回头忽而悲从中来否定了求仙，而悲切仆马，写得最酣畅。所以《远游》一点也不是求长生。它们思想最深的根源是两个。当然司马相如也是聪明有才华的，他拿《远游》中的句子来学，仿照《远游》的地方多得不得了。蜀地有两个大才子：一个是扬雄，一个是司马相如。扬雄的《反离骚》《畔牢愁》都是学《离骚》的，但他并不学《远游》。而司马相如的《大人赋》是学《远游》的，可两者思想基础完全不同。一些人之所以产生上述错误看法，只能怪他们读书粗心。⑦

还有一点，《远游》这篇文章中所有特殊用词、特殊使用的语法、独特的押韵法，同《离骚》完全一样。在最近的八十年以前，没有哪一个古人能从语法、词汇、音韵等方面分析文章，没有人知道这样做。我想假若有个司马相如把《远游》读了，他句句都学《远游》，词汇也学，语法也学，押韵也学，不可能，历史的进化说明不可能，那时中国的语法还没有人研究。因此现在的人讲辨伪学说，很多人从语法方面去看是不是假的。比如先秦诸子中往往各有各的用字习惯（如墨子、庄子、荀子都有这种现象），我们要掌握这种现象。从语言上的习性来判断作品，是个科学方法。我想介绍大家读读高本汉的《左传真伪考及其他》，这是很有益的。今天，我们从语法修辞的角度，可看出《远游》同屈原的一切作品是非常相近的，不仅相近，而且是相同的，但是拿《大人赋》来比则完全不同。[8]

《远游》是屈原思想发展过程中最重要的一篇文章。屈原之所以后来死了，《远游》是一个最后的记载，最后“愿轻举而远游”，总比“将从彭咸之所居”那句话更加清楚，那是因没有与为美政者。而《远游》是“时俗迫厄”了，没有办法了，思想体系是一个发展，所以这篇文章是很重要的。

这一篇就讲到这里。

附带再谈谈研究学问的问题：研究学问要从全面来看，要完整、准确地掌握一个思想体系，不要鸡零狗碎、断章取义地来看。我们不论读什么人的书，只要是有专门学问的书，一定要全面分析，绝不要只从一两句话去肯定。有时从一两句话看，不错，但到底怎么样呢？只有等到把整个东西看完以后，这两句是重要的还是次要的，是真的还是假的，是词面还是词底的意思，是对某个特殊现象讲的还是指的一般道理，才可以分清。

我开头讲了，把《离骚》《远游》《渔父》《卜居》《九章》算作一类；第二类是《天问》；第三类是《九歌》。为什么把上述这些篇都放到《离骚》这一类来讲呢？这是有关系的。什么关系呢？《渔父》《卜居》两篇所表现的完全是屈子的真实思想的概括。他向郑詹尹问卜的时候说的话，是从正反两方面说的。正面的是他的真实想法，反面的是说当时的社会现实。他问郑詹尹，现在的社会现象是如此丑恶，我是跟着世俗社会同流合污地走呢，还是怎样走？我是该做个正直爱国的人呢，还是同他们混在一起？完全是从正反两方面来讲自己真实的思想。这是屈原的真正思想，这种思想完全是同《离骚》相配合的。大家读了《卜居》就可以知道："宁正言不讳，以危身乎？将从俗富贵，以偷生乎？""宁昂昂若千里之驹乎？将泛泛若水中之凫乎？"屈原胸襟是开阔、深邃的。他对国家和人民的爱护，在《卜居》和《渔父》中做了正面表述。因此我们要懂得，在《离骚》的前半部分里女媭劝屈原的话说："鲧婞直以亡身兮，终然夭乎羽之野；汝何博謇而好修兮，纷独有此姱节？"这完全是屈原的正面思想。所以我们以后要研究屈原的人，要把《渔父》和《卜居》配在《离骚》的前半部分来研究。如果把《渔父》《卜居》中所使用的道德思想的话、社会典型的话、政治范畴的话拿来看，完全同《离骚》相配。因此我们说这两篇是屈原比较早期的作品。可能《渔父》稍后一点，因为它里面所表现的思想体系同《离骚》的前半部分的思想体系是相碍的，可以看到是屈原处于壮年时期，有生气勃勃、义愤填膺、敢想敢说的气魄，所以《渔父》《卜居》要和《离骚》的前半部分配合着研读。

至于《九章》，是写九件事九个问题。他被放逐到汉北去了，有的文章就写汉北的事。郢都陷落了，就有篇诗记述当时的情景，可以说《九章》是屈原一生事迹的记录。《惜往日》是第一篇，完全不错，这个安排很好。《惜往日》是说君王还相信我，所以要叫我如何如何做，叫我立法，改革政治，等等。这篇文章是追记他做怀王左徒时的情况。其他每篇文章也都有所指，看文章时细细体会就知道了。所以我们要了解屈原一生的事迹，只要拿《九章》作为线索就可以了；要了解屈原一生的思想，以《离骚》《远游》为线索就可以了，当然《离骚》中也有他一生事迹的线索。

关于《九章》，我们下次作为重点来讲，然后讲《天问》，讲《九歌》。《天问》这篇文章不大好讲，因为是屈原把历史事迹作为自己头脑中的怀疑提出来的。怎样怀疑的呢？他也有个思想体系，所以《天问》的思想，同《渔父》《卜居》《离骚》都是有关系的。至于《九歌》，那纯粹是民间歌谣，但它同楚国的政治、民间的风俗有极大的关系。

丁冰　整理

【注释】

① 子兰、子椒两人见于《史记·屈原列传》，但除此而外，不见战国人书中，至可疑。朱熹辩证思维理论认为其为莫须有之人。王逸谓“使其果然，则文当有子车、子离、子椒，不知其几人矣”。以“使此文首尾横断、意思不活”云云，而断其非人名者，实不足以服人之心。其实汉儒已多有此说。子兰为令尹，除子长外，如刘向、马融皆言之，东方《七谏》且云：“椒兰之不反”（见《哀命》）、“兰芷幽而有芳”（见《沉江》），义亦同之。班氏人表，子兰、子椒亦并列之。《盐铁论·非鞅》《盐铁论·颂贤》言子椒，《新

序·节士》言上官大夫靳尚、令尹子兰、司马子椒（苏林注扬雄《反离骚》之椒兰云令尹子椒、子兰也），则朱熹仅以文章词气定是非，其证尚不具足，余从《离骚》内证上言屈子言父曰伯庸，自言曰正则、灵均，知以别称自讳，独于君之宠弟直斥其名，既不合文例，又远于情实，其不可通至明，则兰、椒必不为人名谅矣。若说为贵胄子弟之喻词，则无往而不可通矣。

② 以男女、夫妇喻君臣、朋友，这是文学创作上的一种手法。自《诗经》以来，已久存在，汉乐府用之最多，关于这类问题，可参毛西河的《白鹭洲主客说诗》。

③ 彭铿，参第七讲注⑤。

④ 庄蹻，据传是楚庄王之后，与屈原同时，受怀王令到西南去，入滇而王。在未受命去滇之前，曾有暴楚之事。又参第九讲注②。

⑤ 说屈子冀望于庄蹻，是从许多南人、南夷推想出的。教者早年曾把南人、南夷推想为三苗遗族，现在看来恐还与庄蹻有关，因为庄蹻的事迹恰与屈原同时，而屈原南放所到的楚国南疆辰溆，路线与庄蹻入滇相同，所以可能屈原所指的南人、南夷与庄蹻也有关系。

⑥ “离骚”一语，我最初取证于扬雄《反离骚》《畔牢愁》等，从连绵字角度证为牢骚一类。近些年来把屈作全部打通来看，觉得汉儒释别离愁思一训，最得主旨。别愁只是一别之愁，因别而愁是初遭别离的情态，是屈子放逐初期的情态，到《远游》则别已成习，而且要远逝了！是经常离别的情愫，故两文结构相似，而主旨则有深浅矣。

⑦《〈远游〉真伪辨》（提要）（见《文学遗产》1981 年第 3 期）

《远游》是屈原所作，既非伪托，也更不是《大人赋》的初稿，可从以下几方面来说明：

1. 从屈原写《远游》的社会基础来说：屈原为楚之宗子，世为宗臣，掌天官、史官之职，又受当时齐、鲁、宋、楚间各种怪异之说影响，作品中尽可有儒家视为异端的神仙、道家及其他民间怪异之说的存在，《天问》《九歌》亦有其例。

2. 从屈原思想整体来说："忠""怨""去""死"四字方能完整表现其整体思想。战国之际，游士之风既盛，去以求仕、求贤君、求贤臣，当是屈子思想构成必不可少的部分，然以宗子爱国情深，欲去而终不忍，以至死，正是宗亲爱国心切的表现。这"死"与儒家的忠节观念不是一回事，这"去"又在《离骚》诸文中早见端倪。屈原是诗人、文学家，而不是诸子中的哪一家，他只是用诸子的话来为他服务，来论述他作品中"去""死"所表现的意义，因而出现神仙道家思想也不足为怪，《远游》中"去"的描写也正同于《离骚》，是一种浪漫思想的表现。

3. 《远游》中情不自禁地对南方的赞美（"南"字在文中出现的次数大大多于东、西、北），正与《离骚》相同，方位的赞美是作者意识不自觉流露的一种表现方法，也足以成为《远游》是屈子所作的一个内证。

4. 主题与《大人赋》绝异。《大人赋》的求仙是表现一种欢乐的主题，而《远游》的求仙是对君主不能重用激愤反诘之词。它表现了与《离骚》相近的爱国主题，也用了相似的浪漫手法，这正是屈原身为宗子，爱国而不能救国的悲怆心情的一种深刻反映。

⑧ 从语言角度证明《远游》为屈原所作：

每个作者的作品有他自己的文风、语法和音韵等方面独特的内在规律可循，伪作者是很难天衣无缝地加以模拟的。何况在上古，文学创作还未成为一种功利的专门职业，语言学的观念在人们头脑中也还未系统形成。如用《远游》和《离骚》或屈原的其他作品，同司马相如的《大人赋》做一比较，就可以比较严谨而科学地说明《远游》是屈原的作品。比较是从以下几方面进行的：

1．文风上：从体式、用字用词的习惯、比兴手法、神态形态的描绘上看修辞手法；从风物、景象的描写以及章法（文章起势、选材布局）等方面看，《远游》近于屈子之作，而远于《大人赋》。

2．语法上：从介词“于”“乎”的运用规律；从主语“余”“吾”所处位置与前后词汇组织的规律；从使用连词“而……之”“之无”“以自”“之……所”等特殊句式的规律看，《远游》全同于《离骚》及屈子其他作品，而《大人赋》则多有破格或根本没有这种句式。

3．用韵上：《远游》中用鱼、之、阳、歌、幽五韵的比例及五韵合计的比例与《离骚》相同（64%），与《天问》《悲回风》极接近（60%上下），而用韵往往是诗歌作者一种不自觉流露的习惯。

第九讲 《九章》新论

《九章》中的九篇作品，《史记》只记了五篇，但历代讲《楚辞》的人中没有人否定这九篇诗都是屈原的作品。近代刘永济先生提出新说，认为《思美人》是综合屈原其他作品，杂七杂八凑合而成的。我不同意这个看法。因为《九章》中的九篇作品本来就不是一时一地之作，而是分别于怀王和襄王时写成的。对一个作家前后所有的作品都要求完全一致，这不大可能。因此即使《思美人》这篇作品稍有出入，仍不失为屈原的作品。再者，一个人在创作中有时沿用自己过去的作品，这在后代诗人的创作中也是常有的事，不足为怪。所以我认为《九章》都是屈原的作品。一个伟大的诗人，在长期的创作中，方式方法或风格样式不免有些变化，从这些变化中我们就可以看出他创作的历程。

《九章》是很有特点的，尤其是最后一篇《悲回风》，特点更加突出，可以说古今作者都没有这样的一篇文章。我在刚写《屈原赋校注》时对这篇文章开头的十几句，还讲不明白，原因是我当时文学分析的知识不够。这些年来，我也学了不少东西，这样一来，现在我把《悲回风》这篇作品的地位看得很高了。

除此之外，最突出的莫过于《橘颂》。在这篇诗里，词面上一点也没有直接讲屈原的事迹，但仔细体会就可以知道，屈原是在以橘树自比，并且这种比喻是有其深厚的现实基础的。当时在楚郢都一带橘树特别多，屈原在描写橘树的同时寄托了自己的思想，这是文学创作中常用的比喻方法。

《离骚》是屈原全部作品的一个整体，他一生的思想情况在诗中都有表现。爱国受谗之后，他的出路是离开朝廷，甚至跑向远方，但即使到了最困难的时候，他也还是希望能有机会回到朝廷去为国家做事。但他又想“释阶而登天”（《惜诵》），就是说要回到朝廷去而不可得，便要游天，实际上他的游天只是一种排遣，没有什么可能性，那只好退隐，这种思想在《离骚》中有，在《远游》中也有，在《九章》中却有好几处，如用高举、远举、远游、曾举等，都说明《九章》的思想发展是后于《离骚》而与《远游》同时或稍后一点。

《九章》中的每篇作品都有一个与事实有关的特殊含义。

它与《卜居》不同，《卜居》讲的完全是一种“入世”的精神，整个思想以“入世”的道德为基础。《渔父》也是如此，“众人皆醉我独醒”，也纯粹是从道德的立场出发来讲的。既然《九章》的每一篇都是有事实根据的，现在我就对此稍加分析。

《九章》中每篇的题目大体都与其内容相符合。按题目作文的事在春秋时还没有，是到战国时才有的。如春秋时的《论语》各篇的题目，像《学而》《子路》等只是取第一句话的头两个字，并不是全篇内容的概括。《九章》各篇的题目则是全文内容的集中点，这也是战国时文学的一大进步，比如《庄子》里的《齐物论》《逍遥游》等每个题目都是作文的根据。《齐物论》是说事物间的差别是人为的，所以庄子主张把一切事物整齐化，从而抹杀是非、荣辱等的区别，其题目就是这篇文章思想的集中点。

一、《惜诵》

《九章》中各篇的编排顺序并不真正准确地反映它们创作的时代先后，现在《九章》的顺序可能是刘向父子校书时，将屈原《离骚》以外的零散作品九篇集中起来而成的。那为什么一定要“九”呢，而且还十分勉强地把《橘颂》也放到里面去了？（一般从表面来看，它的思想与《离骚》及《九章》中其他篇都相去较远。）这是因为汉代人把“九”当作最高、最大、最理想的数字，又因为屈原有《九歌》，宋玉有《九辩》，于是刘向等就把屈原那些散篇，不论产生的时代，凑为九篇，就命名为《九章》。刘向编时对《九章》的思想未做细致的分析，不过《惜诵》同《离骚》的思想是很相近的，所以把它作为第一篇。

这篇《惜诵》可能是屈原在遭谗后，不管朝政而写的悔恨情况。但为什么要叫诵呢？古人文章中“诵”与“颂”是一个字。周代有个制度，王者左右有一批人给他读古先圣贤人的嘉言懿行，称为“蒙”，所以“诵”就成了专门化的人所做的事情。屈原本是宗臣，又为左徒。左徒是什么官？有人说同后代的左右拾遗相类似，这不对。楚国有个官叫莫敖，在整个春秋时代，所有任莫敖者都是屈氏的人。（见拙作《左徒莫敖辨》。[①]）莫敖可直接升为令尹。楚国有莫敖、司马和令尹，但“莫敖”是什么意思始终讲不明白。我勉强解释“莫敖”是楚在“筚路蓝缕，以处草莽”之时的方言，到底应如何讲呢？我有个近乎附会的讲法，供大家参考。“敖”同“獒”。古代官爵名称与王者左右服事的人有关，如“司马”的“马”、“太宰”的“宰”，大概是根据马夫和屠夫来的。所以古代社会，官职多用马、牛、羊为名。“莫敖”的“敖”字就是大犬。三苗祖先就说自己是个大犬。楚国在夏殷时，是三苗盘踞的地方，第一个赶走三苗的是舜，“窜三苗于三危”，这可能是真的。但尽管如此，三苗的头目可能是被赶走了，而三苗之民必留楚很多。楚占领后也偶尔采用三苗之民为官，所以“莫敖”可能是三苗的话。屈原为左徒时，本来也可以做到令尹（等于后世的宰相），可是被小人谗夺了。他降为三闾大夫，管楚宗亲三姓，有资格在楚王左右“诵”，所以此文叫《惜诵》，内容是教楚王做个好的君王。但王不听，屈原自己反被小人谗害，可惜了这个做“诵”的资格，被人谗害没有办法了。因此整个《惜诵》中，屈原还是希望能回到朝廷“释阶而登天”，认为有能力把国家搞好。因此，到被人赶下台时，他还哀惜不置。这个“诵”不要当作动词，而应当名词，是官名。

《惜诵》中大半内容都说君王是好的，和我的关系如何如何好。“昔君与我成言”，看来是屈原最初从政治舞台上跌下来时而写的作品。文中有个名词要解释：“所作忠而言之兮，指苍天以为正”，是一个赌咒的誓词，古今未弄清楚。我认为“所作”的“作”是“非”字形近之误，这是春秋以来誓词的一个款式，一种程式。不过春秋时代，北方儒者的文中用“所不”，比如晋文公同其舅父逃走，到了河边赌咒时说：“所不与舅氏同心者，有如白水！”（《左传》僖公二十四年）设若不忠于舅氏告诉我的话，请这河水为证。所以春秋时用“所不”，而战国时用“所非”。再从音韵角度看，“所”即后世所谓的设若。设若我所说的话不忠的话，苍天可以为我做证。这个誓词，在《离骚》《九章》等篇中都有，到没有办法时就发誓，这也是古代民间的一种风俗。

总的说来，《惜诵》表现了屈原怀念楚国、楚君，而心中愤恨谗害他的小人，所以说《惜诵》是初放时的作品。

二、《涉江》

“涉江”就是渡江。从全篇看这是一篇记行记实的文章，从陵阳渡江之后，所到之地都有记载，是写他再放江南之后的作品，就是《史记》所谓“令尹子兰”在襄王前谗害他所致。此时襄王与屈原并无真正的君臣关系和感情，虽然仍为宗族，但是他只是同姓中的一位而已。所以在《涉江》中就不大称赞君王了，只说自己如何游览、修饰，最后还希望有近身的机会。

三、《哀郢》

大概在《涉江》之后南游，停止在辰溆。在辰溆待了九年，襄王不理睬他，因此“九年不复”，回家的希望没有了。为什么以《哀郢》为题？大概是南游九年后，在悲哀中追想自己当年离开郢都的情形。

近人有的说《哀郢》是郢都被秦兵攻破，百姓震愆，屈原哀之而作。此说从题目表面讲也通，但并非事实。因为屈原放逐江南后，从未回过郢都，秦兵入郢之事他从未看见。秦兵入郢是件亡国惨事，如果屈原亲身经历了此事，那他一定会在自己的作品里大加描写和发挥的。但《哀郢》中，一句话也不提国破家亡，只是说乱得不得了。第一句“皇天之不纯命兮”，下面就写自己逃走，想不到“两东门”是如此之乱，如此而已，并未写国破家亡。“百姓离散”并不一定是外敌破国的现象，因此我不赞成说是写秦兵入郢之事。

我认为《哀郢》这篇作品是庄蹻暴楚的反映。[②]怀王末期，庄蹻在楚国曾搞了一次类似军事政变的大造反，但未能成功，只是把郢都搞得乱七八糟，百姓流离失所，这就是《哀郢》所描写的。但屈原为什么不责备庄蹻呢？屈原多次说到“南人”“南夷”。很多人（王逸以来）把“南人”“南夷”解为楚国。诚然，春秋时，北方称楚为南人，“南冠而絷者”，是北方人轻蔑楚的说法，而屈原自己不能诬蔑自己国家为“南人”。那么到底是什么人呢？我推想，可能就是“庄蹻王滇”之前，任用了一些三苗的人。暴郢后，他带不走。而三苗由舜以来西迁，说不定屈原是想逃到南边去找庄蹻，说服他不应以政变方式暴楚。这纯粹是我的想法，是推想。但他到了南边时，庄蹻已走掉了，留下的只有三苗的一些人，所以说“南人莫余知”，三苗人不了解我。这些问题联系起来看，我说《哀郢》是庄蹻暴楚的反映。他已经“九年不复”，这时楚君已不是知己，故都回不去了。他没有回楚的意思了，便想到庄蹻暴楚时逃出来的情形。

四、《抽思》

这是怀王时第一次把他放逐到汉北时所作。当时汉北同秦关系密切，也是纵横两派斗争焦点所在，可能屈原想到汉北去看看形势，看还有什么救国的办法。从屈原一生来看，他对军事是不大懂的，但他思想非常清楚，知识非常广博。汉北正是楚祖高阳由汉水到江南的一条路，是他祖先来龙去脉的“来龙”，他想去看看是可以理解的，所以到汉北的主要目的是看形势，也想到自己的祖先，所以此文还是在怀王时作的。文中有许多思念君王、想回到郢都为官的政治话。虽然也有许多责斥小人的话，但不重，写得多的是叹息孤独，想回去，但不可能。因朝中无人帮忙，无良媒，没人替他说话，有回不去之类的感想。最后回到北山看见楚都。全文思想是同《离骚》一样的，因此定是怀王时放逐他到汉北的作品，应是《九章》第一篇，《惜诵》应为第二篇。

五、《怀沙》

从内容看，是在辰溆住了九年后，要顺江而下去看长沙。“怀沙”过去有人说是“怀石”，怀石而死，作为绝笔。这是不准确的。

从内容上体会，上述的说法也欠妥。文中虽有许多愁思的话，但并不激烈，不过想去长沙看看而已。其原因是，楚始祖熊绎受封之地是长沙。回楚都既不可能，远游、求贤都不成了，唯一就是想回去看看祖先的坟墓。所以“九年不复”以后，便慢慢顺着沅水走，要到长沙去，所以“沙”应解为“长沙”。清代蒋骥就是这样讲的。既然回不了郢都，就是死在祖先始封之地也是好的。一般说老年人，尤其是不得意的人，要死在故土也是人之常情，杜工部到老年贫病交加时，还是想回到襄阳去。中国历史上读书人的传统观念是，死在自己祖坟所在地。但屈原回不去老家了，在长沙待下来就死在长沙也好（按：汨罗即在长沙附近）。所以这时屈原已抱定必死之决心了。文中再无思君之意，只想找个安然死去的地方，因此回头看《远游》说的求仙思想的话是假的，是一种寄托，上天下地也是寄托，因为上天下地也还是要回来的。而他的真实想法就是只求一死，要死在"南人莫余知"的荒野之地是不行的，那不是楚国故地，死也要死在楚国，就是所谓"狐死必首丘"的意思。

八、《思美人》

因为这篇作品中选用屈赋其他篇章中的句子多一些，就有人认为这是后人辑成的，我不同意这种看法。理由很简单，后人若假造屈原的作品是可以辨出来的。在辨伪学上有一套办法，即拿文中所用的词分类来看，比如代名词、状语、主语，尤其是介词。一个人写文章时往往有一个统一的、不大好改变的习惯，因此拿所用的虚词来看，如果不同文中所用的虚词是完全相同的，那这篇文章大概就是真的。因为后人不可能去仿照某人文中虚词的全部用法，例如“於”和“于”，都是虚词，但在《论语》里用法是分得很清，绝不相混的，在《左传》中也是差不多有规律可循的。就是读《左传》和《论语》读得很熟的人，也不会完全记住这两个虚词在文中的不同用法，如某处用“于”，某处用“於”，记得都不错，不可能的。《思美人》中所用的一切词，我是全部认真查对过的，和《离骚》没有区别。只有一个“将”字，“遇丰隆而不将”的“将”，和《离骚》有点差别，但应看到，屈原的作品传到后世来，在流传过程中出现一两个错字，这是完全可能的。因此，我还是认为《思美人》是屈原的作品。

题目《思美人》的含义是什么呢？在屈原作品中，“美人”是指楚君，有时也指他自己，除《九歌》外，所有“美人”都是如此。《思美人》中的“美人”，确指楚怀王。从文中语气看，思念美人的心志不变，“美人”自然是指怀王。因此这篇文章与《惜诵》《抽思》都是怀王时的作品。其他几篇大体是顷襄王以后的作品。这个界限划清，我们读起来就方便了。只要文中笔涉君王者，则是怀王时所作，反之为襄王时作。

本文与《抽思》极相近。开始是想向美人说话，但找哪个去给我传达呢？没有良媒。我把《思美人》安排为《九章》中的第三篇，就是根据这一点。

这篇文章的主要思想倾向并不是消沉想死，而是奋发向上的，这更加说明了是作在怀王时期。

七、《惜往日》

《惜往日》就是跳江时的最后绝笔，我是用蒋骥的说法。林云铭从文章结构来看，认为是临终绝笔，这话是可信的。从文章内容来看，“宁溘死而流亡兮，恐祸殃之有再，不毕辞而赴渊兮，惜壅君之不识”。后人由这四句话认为屈原既跳下水去了（赴渊），怎么还能作这篇文章呢？故认为《惜往日》不是屈原的作品，这种以一个字词来加以否定的说法也不是完全没有理由；但应该看到，先明死志，把死后的话先说完，然后才去死，这在古人的文章中是经常有的现象，王静安（国维）在跳昆明湖时就说过“五十之年，只欠一死，经此世变，义无再辱”。后两句与“宁溘死而流亡兮，恐祸殃之有再”的意思是相同的，而王国维先生绝不是抄袭屈原的。因此仅以这个理由来否定屈原的著作权是不能成立的。“不毕辞而赴渊”，并不是“赴渊以不毕辞”，而是“（假如）不毕辞而赴渊”的意思。为什么一定要那样讲呢？

我认为对古人的东西不要轻易做翻案文章，如果实在没有办法了，那只好承认自己的学力不够。我总是想尽方法承认它。除非里面的漏洞太多了，否则我宁肯不讲，说自己不懂，我的这种治学态度是陈寅恪先生教给我的。他说："不要和人家斗嘴，与其和人斗嘴，不如自己创造。"从此我再也不同人斗嘴了，所以我仍然承认《惜往日》是屈原的作品，因为我找到了证据。

八、《橘颂》

这篇文章在文字上大家会看得懂的。"后皇嘉树，橘徕服兮。受命不迁，生南国兮。"所谓南国的嘉树是不能移动的。这是说屈原自己是不能离开故国的，"深固难徙"，橘树挪到北边就变成枳了，所以必须深扎在祖国土地上。《橘颂》最要紧的就是这两句话。

九、《悲回风》

这篇文章我要向大家做特殊介绍。诗中头几句有点乱，不过情思是很了不得的。《屈原赋校注》中的《悲回风》解释未能尽意，将来出版的《楚辞通故》的解释可代表我现在的看法。

屈原作品的创作方法特点是思想感情同他的理智时相混淆，理智与感情是有矛盾的。但《悲回风》是形象思维与逻辑思维联系在一起的，形象思维往往用逻辑思维来反映，而逻辑思维也往往用形象思维来表达，就是所谓“物我两用”，外界的事物同他的思想感情完全融合在一起。

《悲回风》的境界是很高的，比如“悲回风之摇蕙兮，心冤结而内伤。物有微而陨性兮，声有隐而先倡”。“回风”即是“邪风”，歪风摇落了蕙草，因此内心郁结伤感，这是形象思维。后两句说：每一个物，无不因为其美好的本质而美，蕙有芳香之美而最后为歪风毁灭（按：“微”同“媺”，作美讲；又，古之“性”字皆与“姓”通）。这句还未达到形象思维的深度，下面两句说一切声音经常是要隐藏掉的，听不见了，但却是早已“倡”过了的。尽管声音现在停止了，可能这个声音是早早已经讲过了的，就是说我现在是默默无闻了，但我过去做过许多维护我们楚国的事情。他借“悲回风之摇蕙”来做形象，再以“物有微而陨性”来做一个逻辑思维。又如“登石峦以远望兮，路眇眇之默默。入景响之无应兮，闻省想而不可得”。头两句完全是形象思维的，后两句说“无应”也就是“默默”之意，再加上“闻省想”三字。三个动词连在一起只有屈原这样用了，汉以后的人没有这样用过。这是人进行逻辑思维的三个阶段，接触外物，刺激感官，引起头脑中旧有印象的浮现，与新的形象配合了，最后才明了这一事物。而这三个步骤又与头两句是完全配合的，这种例子很多，整篇《悲回风》多用双声叠韵词、连绵词，使声调非常高妙。其原因是，这时屈原的思想和感情完全结合在一起了，融为一体了。此文有点像《庄子·齐物论》一样，属于较高的水平。所以我认为《悲回风》是屈原作品《离骚》这一大类里面的最高峰。

丁冰　整理

【注释】

① 关于左徒、莫敖的解释：《史记正义》：“左徒盖今在左右拾遗之类。”按此说非也。《史记·楚世家》：“楚使左徒傅太子于秦，三十六年秋，顷襄王太子熊元代立，是为考烈王。考烈王以左徒

为令尹，封以吴，号春申君。”自左徒晋为令尹，则左徒之职甚崇，非左右拾遗之比也。按原本传下言，“入则图议国事，出则应对诸侯”。盖近内官，其职颇与汉制太常相似。《渔父》称原为三闾大夫，王逸以为掌昭、屈、景三姓，此与汉制之宗正似。左徒一名，楚在春秋前无可考，即战国一代，亦仅一春申君为之，抽绎原传，并参《左传》，余疑即春秋以来之所谓莫敖也。何以言之？按襄十五年及二十三年左氏叙楚命官之次，莫敖仅亚令尹。又桓十一年传，斗廉呼莫敖为君，屈瑕不称屈侯，孔颖达曰：“楚呼卿为君。”则莫敖亦卿阶矣。庄四年《左传》令尹斗祁、莫敖、屈重相次而言，与襄二十五年屈建以莫敖为令尹，皆与春申君以左徒为令尹事相合，此其一。又莫敖为近内官，入则禁御左右，出则应对诸侯，主为盟会之事，与原传“图议国事，应对宾客”之语合，此其二。又楚自鲁桓公十二年之后，始有莫敖之官，直至春秋之末屈瑕、屈重、屈完、屈荡、屈到、屈建、屈生七世相承为之，为莫敖者更无他姓人。春秋以后，载籍残缺，屈生之后，儿世为原，楚之官制，是否仍相袭？虽不可考，而楚无二屈，官制容有小变，不容有大更，则原世其官，本极可能，此其三。又战国以来楚之为左徒者，仅原与春申君二人，按春申君亦本楚之近亲，则左徒必以亲族为之，与莫敖之制同，此其四也。又莫敖一名，义不甚可解，然楚自熊咢以后，以敖为号而非名，十四王中有四君及公孙敖。而声得相通有蚡冒（熊眴）、熊咢及郏敖之子幕，此决非偶然之现象。而楚人历史，自熊绎至熊咢，皆缥缈不定，真史当自若敖始，敖字疑为含某种意义之楚语，而与宗姓有关。……又始为若敖之官者，即若敖之曾孙，宵敖之孙，而蚡冒之侄。疑莫敖之官比于后世秩宗宗正，皆非甚谬，此其五。此合官阶制度诸端而观，则余疑左徒即莫敖，当不甚远矣。而《渔父》三闾，王氏以为掌三姓者，盖极可信。

详参教者发表在淮阴师范专科学校《活页文史丛刊》的《〈史记·屈原列传〉疏证》一文。

② 《哀郢》过去的人都有误会。教者最近研究，认为这篇文章没有国破家亡之感，只有对城市纷乱、百姓奔逃的描写。这是内乱而不是亡国。旧说哀郢的背景是秦兵入楚，恐不妥。拿楚国屈原的时代来看，这内乱只有庄蹻暴楚。庄蹻据传是楚庄王之后，与屈原同时，受怀王令到西南去，入滇而为王。在未受命去滇之前，曾有暴楚之事。

第十讲 《天问》概说

《天问》这一篇文章，可以总括地说一句，是屈子的学术思想。它同我们前面所讲过的《离骚》那一组文章基本不同。那几篇文章大体是以自己个人的以及对国家、对民族的感情做基础，讲屈子个人的感情。《天问》则是屈原对宇宙问题、人生问题、历史问题的学术性文章。大体说来，《天问》虽牵扯到的是宇宙问题、人生问题（包括历史问题），但屈原并不是子家，所以还看不出它是一般哲学问题上的认识论。先秦的认识论，在诸子中，它的核心大体是一个正名的问题，正名是先秦诸子认识论的一个很重要的基础。简单地说，就像《论语》上讲的，“名不正则言不顺”。先秦每位子家，都有着自己关于命名的理论做基础。如孔子讲正名，但他用的哲学术语就同《墨子》《韩非子》不同，同《庄子》更不同。当然，孔子讲正名的理论只是零星的一点。就整个儒家而言，正名论在《荀子》中，有《正名》，把儒家的所谓名学讲得很清楚。至于《墨子》，那更不得了，《经说》（上、下）、《大取》、《小取》都是讲名学的。大抵春秋末期，尤其是战国以来的诸子，关于一切事物的认识，都有着自己的逻辑形式，而其中分析最精辟的莫过于《墨子》。《墨子》将每一事物的名称，从思想来源上找出其根据，主要是类别方面的三品，即事物的精细分类而对于每一事物的名称，有就其本质而言，有就其性能而言，有就其作用而言。这是先秦诸子中讲名学讲得最透辟的东西。此外，《韩非子》也有，《庄子》也有。《庄子》的命名方法同《墨子》相近，但又进一步似要否定名的差别。他提出要“齐物”，即讨论这个物的大小、长短乃至是非然否的差别等等。他是先给物以定义，然后加以否定，即所谓这种不要差别的议论，不是说物无差别，只是要人不因差别而有所争论。在庄子看来，事物本身的差别只是种比量，并无绝对价值，这不过是把一切物的差别拿在人生论的天平上来称一称，这是离开了逻辑来讲正名的，不能算正路子。看来，先秦诸子中，这几家是特别突出的。

屈原的文章中没有具体认识论的正面材料（侧面的当然有），因此他只能算一个文学家。他要是有一套正名的理论，可能还会写出一两篇重要的理论文章来的。他的重要理论文章只有《天问》，而其中并无具体的分析透达的认识论。因此，我们讲《天问》，只能讲他的宇宙论、人生论（包括历史论）这两点。

《天问》一开头是“遂古之初，谁传道之？上下未形，何由考之？”底下接着讲日月星辰的现象，再讲天有九天，即天的横剖面有九重，讲天时的问题，等等。大体说来，《天问》是讲宇宙的生成问题、天体问题、天栻问题，还有天德、天庭的问题。[①]所以屈原虽无正面的认识论的文章，而从《天问》中，大略可以看出他对宇宙的认识。

开头四句，过去的一切注家都把它看成认识天的历史，即谓远古的开始，是哪个告诉我们的，把“谁”作“谁人”讲。我的《屈原赋校注》亦从旧说。但近年来我又有了新的理解。我现在认为这四句不是讲认识天的历史，而是讲宇宙生成的问题。“谁”应作“如何”解，即是说那远古的开头是如何变化、生发变迁的；“传道”，即所谓生发、变迁之义。何以见得呢？因为底下就有两句，“上下未形，何由考之？”“上下”即天地；考，成也。这是讲天地未形成时，用什么办法来形成它。这两句也可以看出屈原的宇宙生成论。

下面，“圜则九重，孰营度之”，是说天有九重，哪一个拿尺子量过？“九重”是就天的纵剖面而言。“九天之际，安放安属”，则是就天的横剖面来讲的（有如地有九州）。说天有九块，它的边缘是如何安放连属的。

上面都是讲的天体。此外，《天问》中还讲到天庭和天栻。

中华人民共和国成立后，我们在信阳发现过一个“天栻图”，底下为一固定的四方盘，以象地；上面是一可转动的圆形盘，以象天。天上的某一度、某一星宿和地下的某一地方联系起来，就叫“天栻”。天栻也是天体理论的一部分，不过是结合地来讲了。

关于“天庭”，《离骚》《九歌》中都谈到过。此种思想在春秋时已有，即将人世的政治认识反映到天文上去，如讲天上有东皇太一，传说死后做了天上的某某星，等等。对天庭的这种认识是对人世政治认识的反映。

此外，关于日月星辰的传说也很多，大抵每个都有一种神，如风神是飞廉，日神是羲和，月神是嫦娥。屈原在《天问》中将这各种各样的传说都提出来发问。例如古人从经验中知道月亮每年要圆十二次，但并不懂得这是自然现象，于是便找一个神来附会它，这便有了月神。“十日”的传说也与此有关。一个月有三十天，而月亮每十天变化一次（上弦、下弦、圆），很有规律，于是古人便认为天上曾有十日。当然屈原对这些传说是并不相信的。其实这些传说在北方已被否定，《尚书》中的日神羲和就已变成一种官，而不再是神了。儒家的书中将这些传说都加以改造，原来是神的，统统变成了天子、官属之类的人物。这些问题对北方人来说，已经可以理解了。以“伏羲”为例，“羲”即“曦”，意为早上太阳初升时的光线，以后则慢慢变为一种官，即管“曦”的官的名字，即“伏羲”。为什么又加了一个“伏”字呢？这是语言学的问题了。大抵古人嘴舌不如现代人灵活，说话时常常夹带一些不干净的成分，如唇音好夹在字头字尾，再就是舌音。古人读“羲”为“fi”，缓言之则为“伏羲”。

《天问》中，关于日月星辰都有神的传说，这也就是天庭组成的一部分。大体说来，《楚辞》中讲天文的部分，许多话在《天问》中都有了。这些传说在齐、鲁、三晋诸儒中已经没有了，只是在楚国还有，在屈原的作品中还被保存着。为什么呢？我后面再说。

以上是讲天文。

《天问》中除讲天文外，地理也讲。屈原的地理知识，无论是地貌学、地质学或地理史的知识，都不算多。我国河流都是自西北向东南流的，因此《天问》中有“地倾东南”的说法，这也是和《山海经》的传说同源的。地质学方面，屈原只是说过大鳌背着地，四肢还在舞动，怎么能够安稳不动的话。他的地理学知识远较《山海经》窄。现在已经知道，《山海经》中涉及的地方，西到黑海，东到太平洋，南到印尼，北到西伯利亚。而屈原所谈到的地方，北不及贝加尔湖，南仅到广州，东到日本，西到西藏以南。这就是他的地理知识的范围。

下面说说屈原天文、地理知识的来源，我认为来自两个方面：

一是来自稷下学术中心。屈原曾两次出使齐国，而时间正是稷下先生们谈天论地最热闹的时候。屈原思想是否直接受稷下先生们的影响，不敢十分肯定，但稷下有“大九州”“小九州”之说，而《天问》中也有“大九州”“小九州”的痕迹。《禹贡》的九州，《天问》中至少谈到有两三州，如冀州、梁州。屈原说天的横剖面有九层，也是“大九州”思想。可见屈原的思想是受过“不治而议论”的稷下先生们的影响的。

二是来自楚国的历史著作。楚国的史书，韩非子还见过、读过的。《孟子·离娄下》中也说“晋之《乘》、楚之《梼杌》、鲁之《春秋》也”。（关于这点，我在《三楚所传古史与齐鲁三晋异同辨》一文中曾谈到。）鲁之《春秋》即孔老先生所写的《春秋》，晋之《乘》已佚，楚之《梼杌》也久已失传，只有在《韩非子》中有一小段曾谈到《梼杌》的内容。又，《左传》中谈到楚左史倚相能读《三坟》《五典》《八索》《九丘》，这几部是什么书也不得而知。我曾推测过，大概是记载楚国先贤圣王事迹、民间风俗以及地理知识的书。屈原是楚之宗亲，又做过三闾大夫这样的宗官（即后代之宗正，亦即屈家世守之莫敖），因此，他可能是楚国史官的继承者，如司马迁继承其父司马谈做太史令一样。古代的史官既管史，又管天，要“颁历”，不像后来的史官那样专管人事。这样说来，屈原写《天问》，便同他的管天象和颁历有关了。

说屈原是管楚国历史的，何以见得呢？《天问》所讲古代历史，很多为齐、鲁、三晋儒书所未曾言。这里有几点要先说明一下：

周的历史是由周天子的史官记录的，这历史不一定发给各国，但各国可以派人去抄。因此便形成了一种制度，即历史由国家总管。各诸侯国也仿此为制，其历史亦由诸侯的史官来管。这种国家掌管历史的制度实始于周。周以前，夏、商两代虽有专司其责的史官，即天官，但各邦小国并无史官，所以夏、商两代的历史残缺不全。春秋以后就不同了，孔子修《春秋》（以后左氏、公羊、穀梁又为之作传），删《尚书》（此事颇复杂，不详论，所可相信的是，《尚书》传到现在只有二十几篇是真的）。各国也都有自己的历史，于是修史便成为中国最主要的措施，使后代中国的历史最为完整，无论哪一个国家都比不上。如印度直到释迦牟尼死后，他们的历史才像个样子。此前，只是一抔神话。欧洲人的历史也比我们短得多。我国的历史不但最长，而且种类也最多。有的记言，有的记行（所谓“左史记言，右史记事”）。自春秋以后，历史又有纲有目，有经有传（经即是纲）。但是，自《春秋》大行以后，别国的历史却都亡了，连周史也亡了。楚史自然也亡了，但何时亡佚，史无明证。

还有一点值得注意，即《天问》讲历史，夏代特详，而尤详于禹传子前后及夏初建国一段。此在齐、鲁、三晋之书中仅稍露一点痕迹，而《天问》言之甚详。为什么呢？因为楚是夏的后人。夏起自西北，而后分为两支：一支沿黄河而下，到西安、洛阳、郑州、开封，即周家；另一支则沿汉水南下，是为楚国。《天问》详记夏代历史，必定是有根据的。屈原心中所想象的“旧乡”，即老家，是在昆仑，也说明屈原有一定的材料来源。我想这些材料可能是来自《梼杌》《三坟》《五典》《八索》《九丘》。在屈原的时代，大概《三坟》《五典》《八索》《九丘》还存在，经战国末期的战乱才亡佚的。秦始皇统一中国固为有功，但文化的损失也太大了。不过秦人是很看重历史的（太炎先生在《秦献记》中讲到这个问题），秦自穆公以来，历史比较完整。萧何这个人了不起，汉高祖得天下后，别人都忙着抢其他的东西，只有他进咸阳后先抢图书，即秦的档案，也就是秦的历史。后来汉家的许多制度尤其是建制，完全是抄秦的。为什么呢？因为别国的历史包括周的历史都没有了，只有秦的历史是完整的，所以就袭用现成的了。不过需要补充一句，汉的建制虽是抄秦，但汉家的文化制度和趋向却又是楚国的。如《郊祀歌》便是照抄《九歌》。此外，高祖的《大风歌》，武帝的《秋风辞》《瓠子歌》也皆楚调。所以说，除建制外，汉家的真正文化思想体系，大都是楚国的东西。

再接着说《天问》中的历史问题。刚才只是说了一点，即证明了楚是夏后。第二点，夏家历史，《天问》言之最详。我统计过，《天问》记夏代史实有二十多件，记殷十二三件，记周仅八九件，越近记得越少。这说明楚国的《三坟》《五典》《八索》《九丘》亡后，北儒所记历史便成了正统。待到汉武帝“罢黜百家，独尊儒术”之后，儒家的正统地位便被固定下来了。汉代修史，历史资料缺乏，只有北土有，南楚没有，所以北土历史便成了中国的正统。不过南楚文化被汉家吸收的也很多，而有些材料也往往赖《天问》而得以保存至今。

举例来说。《史记·殷本纪》记有殷先公先王的名字，此北史言之甚缥缈，而《天问》言之则较翔实。如殷先祖中有王亥、王恒祖孙几代人，他们的事迹北土历史记载不详。王国维先生将甲骨文中殷先公先王的名字同《史记》对照，才发现《史记》说的名字，甲骨文中都有。其实他们的事迹《天问》中已讲过了，只是没有人能够读通罢了。《天问》中“该秉季德，厥父是藏”“恒秉季德，焉得夫朴牛”几句话，历来没有人知道是什么意思。清代只有刘梦鹏一个人读通了，他将“该”“恒”“季”说成是王亥、王恒、王季，很有见解。这几句话大意是说殷的远祖王亥与有易氏部落发生冲突，被有易的君主绵臣所杀，并夺其耕牛。王亥的弟弟王恒与亥子上甲微，借阿伯之兵，又夺回了失去的耕牛，并杀了绵臣。此事唯《天问》言之最详，适可补《史记》之不足。太史公虽读过《天问》，大约对这一段话也没有读懂，所以王亥、王恒、王季的材料皆付阙如。

《天问》除讲天文、地理、历史外，对历代的圣君及昏君乱臣的荒乱现象还特别提出来讲。如夏桀、殷纣，《天问》中就反复提到。这是什么原因呢？可能是现实时代情况的反映。楚怀王宠郑袖，顷襄王又同秦结为婚姻，这些都是昏乱的事情。屈原抨击昏乱的事情特别勇敢，这可能包含他对楚王政治上的批评。除桀、纣外，屈原还谈到了寒浞、羿、浇等人的荒乱事情，并归结为一句话：凡为荒乱者没有不亡国的。很明显，是寓有一定的教育目的的。但最后讲到楚国的事情，即令尹子文的事，却还为子文说了几句好话。子文的父亲逃出去，与郧的女子私通而生子文。子文是私生子，本不光彩，但他在楚国任令尹期间政绩很好。所以屈原说：你虽是私生子，但那是你父母的事，你对我们楚国是有好处的。并告诫楚王说，如不好好干，是不会长久的。

最后一点，《天问》中有许多奇怪的传说，而尤以日月星辰方面的居多。前面说过，屈原天文、地理、历史知识的来源，很可能与《三坟》《五典》《八索》《九丘》《梼杌》有关，这里再补充几点：

1. 屈原《天问》中，找不出与庄蹻有关的事，据此，我认为《天问》可能是屈原在使齐之后、庄蹻暴郢之前写的，那时他正当中年，正在用功读书。《天问》中并无丝毫南移的痕迹，此亦可证。

2. 《天问》讲地理，南到广州，西到云南，文中有黑水、玄趾、三危等地名，说是随庄蹻西去之卒回来讲的，似与《天问》写在暴郢之前有矛盾，似乎与屈原此时尚未到过南方也有矛盾。这说明《天问》有错简，而且错简非常之多。闻一多先生曾整理过，不知结果公布出来没有。我只排列过夏、商、周三代历史的部分，其他没有搞。这个工作我们可以做一下。

3.《天问》中说到舜，同《离骚》中的重华有差别。《天问》的舜只是人王，而《离骚》之重华则略近于天神。可能屈原在写《天问》时，尚在青壮时期，所以思想中消沉的东西比较少。待到写《离骚》时，那已经是要出游了，于是将重华也看成了天神。可见《天问》当作于《离骚》之前，为屈子早期学术思想的总结。作《天问》时，屈原可能还见过《三坟》《五典》《八索》《九丘》《梼杌》。大概在庄蹻暴郢时，楚国的历史已遭破坏，至白起破郢，则楚史全亡于兵燹。所以，以太史公搜集材料之勤苦，且到过长沙，本应有更多屈原的材料，然而现在《史记》中有关屈原的材料很不够，也无法增补，以致后人竟怀疑屈原是否有其人。屈原的事迹《战国策》不记，主要载在《史记》本传。司马迁写《屈原贾生列传》是寄有很大苦心的，可能是为了表露自己对国家的忠爱之忱。但武帝毕竟不是怀王，还不算坏人，所以司马迁对武帝并无多大贬斥，这从他写的《武帝本纪》的前半部分可以看出来。

屈原的学术思想是否仅止于《天问》呢？不。这又要牵扯到屈原的另一篇作品《招魂》。关于《招魂》，有些人说不是屈原的作品，但司马迁认为是。我也认为是他所作。我是纯从礼制的角度来窥测这篇作品的。《招魂》是吊怀王的，是招怀王之魂，这从文中用的礼制也可以看出来。《招魂》的礼制，不是用于一般人的，而是用于诸侯以上的礼制，是王者之制，只能用于楚王。如谓宋玉招屈原，在礼制上则显然是僭越，而这是绝对不可能的。

《招魂》较之《天问》，地理知识扩大了。文中说到的天地四方，较《天问》更为宽广，而略与三晋系统的《山海经》接近。《招魂》可能是在怀王入秦不返或死于秦时所作。由此也可以反证，《天问》一定是作于怀王之时。

《招魂》可做屈原事迹的参证。文章末尾谈到屈原同怀王在云梦射兕[②]，此事明载于《国策》。当然对这件事有些不同看法，但认为是屈原与怀王也未尝不可。从射兕一事看来，屈原是曾得怀王最高信任的。即此亦可见《招魂》当作于怀王客死于秦之后。

说《招魂》为屈原招怀王，不仅礼制上能说得通，如陈列的物品是王者气象，吃的东西、住的宫殿、歌舞队的人数等都是王者之制，而且长沙马王堆汉墓中出土的帛画也可以说明。帛画中关于人死后求上天的故事，同《招魂》的内容相符，也同《天问》能配合起来。如《招魂》中有“十日并出”，帛画中则画有“十日代出”的故事，从“并出”到“代出”，反映了十日传说的演变过程。“十日并出”应是我们民族最古老的传说。因为在地球的形成中曾有过一段高温的时期，过后，太阳的力量减弱了，才适宜于人类的生存。古代的人想象那时天气之所以炎热，可能是有十个太阳，于是便产生了“十日并出”的传说。天气凉爽之后，则又从“十日并出”变为“十日代出”。因此，“十日并出”应是“十日代出”的最原始的材料。《招魂》为“并出”，帛画为“代出”，可知帛画当在《招魂》之后。当然，《招魂》言“十日并出”也是屈原故意说的，是文学修辞，并非屈原时代还是“十日并出”。这里顺便将《招魂》一篇也就说过了。

《天问》中运用了许多历史故事，但为了当时的需要，有些地方也改动过几个字。这种出入如是无意的，那是承《三坟》《五典》《八索》《九丘》来的；若是有意的，那是屈原改过的东西。具体属于哪一种情况，这我无法判定。《天问》中说到伏羲和女娲，谈伏羲稍略一点，谈女娲则多一些。在齐、鲁、三晋儒书中，他们两个互不相干。在三晋系统的《山海经》中，他们是兄妹。到了战国后期，他们又变成夫妇了。说伏羲、女娲是夫妇，这是血缘婚姻时代传说的遗留，从时间上算，当在母系氏族社会的后期。我说过，屈原的整个思想带有氏族社会的痕迹，而他又不把伏羲、女娲说成夫妇，是不是想回避这个问题？在错综复杂的情况下，我们要从缝隙中找它的痕迹，本来是很危险的事情，所以我说我讲的东西可能很肤浅。不过也没办法，我想到就讲出来，供大家一起讨论研究。

上面我讲了《天问》中的五个问题：一是天文，二是地理，三是历史，四是人事（主要是抨击昏君乱臣的荒乱现象），五是奇奇怪怪的传说。《天问》的问题非常之多，单从历史的角度来讲，也可以大胆地搞一搞。还有错简的问题，也值得一搞。假使将这两个问题解决了，将来考古发掘再出些新的材料，那么《天问》的研究便可以更深入一步。考古的材料希望大家注意，山东大汶口文化的材料出来了，最近从报上又见到陕西临潼姜村的一个发掘材料，说明古代氏族社会的组织复杂化了。我很希望在楚旧地也能发掘出这样的材料，帮助我们了解古代楚国的氏族社会的组织情况。

张崇琛　整理

【注释】

① 天栻：先秦说明天的分野及天与地球的转动关系的一种仪器，见于近三十年出土的文物。大体下面是一个方形的盘，盘上画的是中国地理分布图，中间有一个活动可转的圆盘，上绘星宿图，活动盘转时，就可看到星宿与地理方位的关系。

天德：天的德行，在《招魂》中称为“天德明明”。

天庭：古代研究天文学的人把人间的政治组织反映在天上，天上也有一个像人间朝廷一样的地方，称为天庭。

② “射兕”指的是《招魂》篇末说到的和楚王到云梦去射兕的这件事。

第十一讲 《九歌》通说

我有两篇《九歌解题》，一篇发表在中华人民共和国成立前之《学原》杂志第11期上，一篇在《屈原赋校注》之中。两篇内容不完全一致，很多地方是有差别的。《屈原赋校注》中的那篇虽有些新观点，但我对我的旧学说也还不忍放弃，舍不得割爱，请诸君互参。①

今天讲六个问题：

1.“九歌”之名不自屈原始。在我们的古籍中，说到“九歌”的，最早的是《山海经》，说夏启从上天得到了上帝的《九辩》与《九歌》，因而“九歌”这个名词往往说它是“夏乐”。也有的说“九”是《尚书》中说的“箫韶九成”，这样就是“舜乐”了。后人调和二说，说夏家用的“九歌”不过是上代的乐，并不是夏家的始创。假设说夏代用的是“箫韶九成”，那《九歌》就不过是配舞的歌辞。所谓“箫韶九成”，就是说《九歌》用的是箫、韶。“韶”就是“招”，即“磬”，三个字一样，这是一种乐器，一种鼓。用“箫韶九成”的话来讲，《九歌》应该是以箫、韶两种乐器为主的。但现从《楚辞》之《九歌》来看，只有箫，并没有韶。所以有人说，可能南楚《九歌》用箫而不用韶，用别的鼓；也可能屈原的文章中这个韶字也就是鼓字，因为韶也是鼓。这样一调和，就说南楚的《九歌》即是夏家世传的《九歌》。这个话现在看来有些附会，但也不是毫无根据的。②

说《九歌》是南楚民歌，这是绝不成问题的。③不过从民歌的形式来看，往往是零零散散的，而《九歌》是成套数的。《九歌》十一篇，讲的是四对神加上一个《国殇》。这四对神是：“云中君”与“东君”为一对，“大司命”与“少司命”为一对，“湘君”与“湘夫人”为一对，“河伯”与“山鬼”为一对。再加上《国殇》，四对半。在四对中，“湘君”与“湘夫人”是地方神，用的是湘江、洞庭这一带的故事；“河伯”与“山鬼”是地望之神，不一定是楚本土，是楚国边界上的；“山鬼”可能是楚西边靠四川一带的神；“河伯”是黄河流域的神。其他的天神，“东君”和“云中君”是日月神，“大司命”和“少司命”是主人间寿夭饮食的神④。因此天地人都有。最后只有一个《国殇》是很特别的。这显然是一个整套，是有计划的安排。历史上民歌是没有这样细密安排的。王逸大概了解了这一点，便说《九歌》本来是楚国民间的歌，屈原以为这些歌辞是谩鄙的，所以加以整理。这话是对的。如果是不懂礼的人，不会把天地人配得如此合理；如果没有高度的文化修养，《九歌》也不会写得如此缠绵悱恻。因此说《九歌》是屈原根据民间歌谣整理而成，是正确的。《九歌》是有根源的。那么《九歌》为什么用“九”而不用“十”呢？这里边有其历史传统，中国古俗崇尚满数，而“九”正好是满数；但这个历史传统没有法子附会成夏家的《九歌》，理由见《屈原赋校注》之《九歌解题》。

此外，对《九歌》的解释还有两种说法：一种说法是“九”字在古书中往往与“纠”“虯”连在一起。“纠”即“九合诸侯”之“九”，集合起来的意思，因此说《九歌》是纠合起来的，是集合起来的歌辞。另一种说法是，“虯”就是禹（），“虯”同“禹”古音通，禹古音读jù，九、禹双声，因此《九歌》是夏氏的歌，虯即龙虯。夏以龙为图腾，禹即这位图腾神的雅名。这种说法太周折，不易为人接受，前一种说“纠”等于“九”在训诂上是对的，但《九歌》十一篇的问题还是解决得不爽利。

2. 现在我们从古音乐的乐次上讲讲这个问题。在先秦，凡国家大典都有乐，祭祖、出征时皆有乐，这从《论语》《尚书》等典籍中都可看出。举乐分三个步骤：第一步是“始乐”。第二步是“笙入”，笙是古代的主要乐器。“笙入”后是舞，从南往北，再回到南边为“一成”，如此反复九次为“九成”。最后是“乱”，即大合乐，从祭神方法讲，大合乐就是送神（刚说的“始乐”是迎神）。歌舞完了以后，送时所有乐器大合奏，这就是“终”。不过这个问题牵涉到两件事：一是乐的次序九成到底是奏一样的乐，抑或是乐器有变化；另一个是舞，到底怎样舞。这在《尚书注疏》的“九成”下有段话说得很详细。另外，清人还作了《九成图》，从这《九成图》里可以看出，所绘与今之《九歌》完全可以相配合。⑤

《九歌》始篇《东皇太一》，是天神中最尊贵之神，是神的领袖；祭神不一定请东皇太一出场，因此在《九歌》中，东皇太一并不出场，其他的神都是出场的。祭东皇太一主要是两句话“吉日兮辰良，穆将愉兮上皇”，唱了这两句就开始舞起来，所以《东皇太一》是“始乐”的迎神曲。于乐里是升歌之始，这就等于后世戏剧中“打加官”或扫台戏，只是得要求这个主神同意，然后才正式开场，所以这首迎神曲不算入九数之中。最后《礼魂》是很简单的，只有几句话，“春兰兮秋菊，长无绝兮终古”，这是送神曲。因此《九歌》中有个迎神曲，有个送神曲，合在一起成了十一篇。所以，我们与其拿“纠合”来讲或当夏禹的“禹”字来讲，不如把《九歌》与乐舞的关系说清楚。

3. 从《九歌》的神配成一对一对来看，这只有民间的风俗才有可能，在国家典礼中是不敢这样做的。《九歌》里的“东君”是日神，“云中君”是月神，日月配对，配成夫妇神。“大司命”和“少司命”配成夫妇神，“湘君”和“湘夫人”配成夫妇神，“山鬼”和“河伯”配成夫妇神。这样拿人间的力量把神扯到一起，只有民间才有，真正管国家典礼的人，不敢这样做。大司命、少司命成为夫妇神，在汉代画中就有了。唐《九歌图》中，大司命为男，少司命为女。河伯本应是阴性，山鬼本应是阳性，但自东汉以来，河伯一直为男性，山鬼一直为女性，这是个颠倒。我们人类进化到有了个家，家族便是联系人的最大力量。人类有了家族便想到天上，用人间事来推及上天的日月：一个是白天出来的，一个是晚上出来的，一阳一阴，配成对偶。余者可以类推。《九歌》中的神配成一对一对的，大致都是如此。

4.《九歌》的篇数问题。《九歌》主要是九篇，除四对外，只有《国殇》是孤单的，因为“殇”了，所以没有配偶。

但这个人不管成年不成年，应该好好活着，活到八十岁、九十岁，现在他是为国家打仗死了，很可怜。不过这个话只是从表面上看，我们如果从今之民俗看，其中是另有道理的。在藏族、维吾尔族、苗族中有个风俗，就是部族之间斗争时，要欢送出征将士，等到将士们回来，不论是打胜仗还是打败仗，也要有个欢迎他们回来的歌舞。《国殇》这首诗，写将士怎样勇敢牺牲，死后威灵变为鬼雄，这就是鼓励。从当时楚国情况看，同秦的斗争很激烈，说不定屈原是要拿《国殇》来鼓舞楚国的将士。这个意图到底纯粹是屈原的，还是楚怀王的？看来可能楚怀王也有。《诅楚文》中说，楚王这个人很坏，他要同秦国打仗，让大贤巫咸制止他。根据楚国当时的情况，把《九歌》与《诅楚文》对照起来看，问题就清楚了：《国殇》是楚国为了准备战争，鼓励将士出征、勇敢作战，或欢迎将士们回来的歌；而《诅楚文》则是秦人用以诅咒楚怀王、向巫咸请求用的“状子”！

在贵州苗族两个部族作战前，往往先把所有地方神请出来，让地方神保护他们，然后再出去打仗。以前的戏剧开场也总要请出神来“打加官”来保佑大家，“打加官”出来一定要有一个迎神曲（在西南戏剧中往往是用吹腔），然后才是正式的戏。扮“打加官”的人往往是地方上的德高望重者。结合这些民俗来看，我们可以说《国殇》纯粹是楚国为对付秦国的战争，用来鼓舞战士的。

《九歌》除了《国殇》，其他都有爱情的话。这是为什么？现在在北美洲印第安人的民族里面，不论什么大的集会，老百姓都要围起来看，主要是为了快乐，即使是集会准备打仗也要快乐快乐，鼓舞大家。这样便往往用男女关系作为这场歌舞的中心。这点只要看摩尔根讲的印第安人的歌舞就会知道。古代歌舞一定是以男女爱情为基础的。

以上我们引用一些材料说明《九歌》为什么用四对夫妇神来配一个“国殇”。我的初步想法是如此，供大家研究。

5. 作品本身的问题。这个问题只讲《九歌》与屈原其他作品的比较。《九歌》同《离骚》《天问》（包括《招魂》），都不相同。《离骚》《九章》等，每篇都有屈子个人内心的表达，有他自己的真实感情，它们纯粹是以主观的情愫为基础的抒情诗。《天问》则是以学术为基础的哲史诗。《九歌》也是篇篇都有感情，但这个感情是神与神、神与巫之间的感情。如《湘君》与《湘夫人》最后两句是相重的，你把东西给我，我把东西给你，他们俩是夫妇，所以有这样亲密的感情。在现在的民歌里也有这种情况，二人对唱的唱词完全相同，或者只改动一两个字，如陕西的某些民歌。通过对唱来表达相爱之情，这是民歌的一个特色。《九歌》中的“湘君”与“湘夫人”是对唱的，“河伯”与“山鬼”也是对唱的。关于两个神对唱的问题不是我发明的，这是日本人青木正儿的话，他有篇文章专讲《九歌》夫妇神的对唱合舞，但也只是把夫妇神配起来，并没有解决《国殇》的问题。总之，从《九歌》创作的作风看，是把两个神或者神与巫的感情放在里面，没有屈原个人的思想感情；单写场面上的感情，没有写他私人内心的感情。我这样说是大胆的，因为自从王逸以来，都把《九歌》里面表示男女之间的情感说成是屈原对楚怀王的情感。历来解《楚辞》的人也大体是根据王逸的话来讲，看来王逸的话是过分迂就词底了。

6.《九歌》的篇章都是短的。在屈原作品中，《卜居》《渔父》也是短的，但它们虽短，话却已说完了；而《九歌》的感情缠绵悱恻，是说不完的。既然如此，为什么用这样短的篇幅呢？这是因为《九歌》是民歌。凡民歌（有歌有舞的）是不会有长篇大调的，所以《九歌》的篇幅同《离骚》《天问》完全两样。这是《九歌》的一个特点。还有，如前所述，《九歌》有迎神曲和送神曲。迎神曲《东皇太一》是乐之始，里面说到“吉日兮辰良”，这是赤裸裸地说到民间一个风俗。送神曲《礼魂》说到“春兰兮秋菊”，说明民间祭祀不像国家祭祀那样要用太牢、少牢之类，只要摘朵花拔根草就可以了。《东皇太一》里面也不过是一些兰蕙香草。这种没有太牢、少牢的情况，说明屈子写得非常忠实，并不是拿他理想的歌谣，拿他理想的创作方法来写《九歌》的。他写《九歌》不像写《招魂》那样说到大批的陈设，因为《九歌》是民歌，而民歌的作风是单纯的。

另外还有几点同《九歌》的作风也有关系。第一，《九歌》的句法有四、五、六三种，这在其他作品中也有，但在《九歌》中往往嵌进一个“兮”字，放在句中，不放在句尾。放在句尾的“兮”字，大体只作为一个语气词，而《九歌》中嵌在句中的“兮”字，则往往作为另外一种词，担负另一作用。如“吉日兮辰良”的那个“兮”字可能是“吉日以辰良”的那个“以”字。每个“兮”字要么代替一个介词，要么代替一个代词，或者代替一个叹词，都有作用。过去讲“兮”字的人，往往说这句话省掉了一个什么字。在我们看来，《九歌》不会用这种方法在每句话里省掉一个字，哪怕大多是语助词。我们不能假设这个“兮”字就是歌者、舞者、词者故意把这个联系上下关系的重要词省掉，让大家去体会。《九歌》用词的特点就是这个“兮”字，这是特别的，在整个屈原作品中没有其他的作品是这样的。第二，《离骚》里的有些东西，在《九歌》里是看不见的。如三个字重叠起来的状语、定语，在整个《九歌》里没有。宾语提前，在《九章》《离骚》《远游》里很多，《九歌》中虽也有，但很少。第三，在《离骚》《远游》《九章》中有重重叠叠的句子，《九歌》中表面上看起来很少，实际上很多，只是方式方法与《离骚》《远游》等篇完全不同。

此外，附带谈一下《九歌》的影响问题。

《九歌》在文学艺术史上产生了很大的影响。汉代《郊祀歌》中的天神地祇人鬼，从《九歌》里拉了好几个去了，"大司命""少司命""云中君""东君"都拉去了。可见汉代《郊祀歌》是楚民间歌谣发展变化而来的。汉以后所有的郊祀歌大半都承袭《九歌》。所以《九歌》本是民间的东西，等到统治阶级上台后，便被披上皇衣，成为王朝制礼作乐的重要内容。后世仿照《九歌》作歌的人也很多，此可参考《楚辞书目五种》"韶骚类"的介绍。

另外，借《九歌》的内容单独成文的，如后世的《渔父歌》，是从《九歌》中引出来的。宋词、元曲中所颂渔父的话很多，也都是从《九歌》来的。甚至有拿渔父作为题材演变成为元曲的，如睢景臣的《屈原投江》等都是很有名的作品。在音乐创作中，许多古琴曲都是以《九歌》为题材的。在绘画上，画《九歌图》的人也很多，六朝时就有了。画全套《九歌图》的人，在宋代李公麟之后有七八人。民间还有很多，如元代的赵孟頫父子，明代的仇英、萧尺木、陈洪绶画得也很有名。近代有位蔡守及夫人谈月色前后画过四次《九歌图》，我未见到，而画《天问》的也不少。画《离骚》的没有。近代许多画家也有作品，如徐悲鸿画了“山鬼”、傅抱石画了“湘君”。大概博物馆藏有的《九歌图》也不少。去年北京的一个画展中展出过一位画家画的《九歌图》，为了达到高水平连续画了两三遍。看来，许多善画的人往往以《九歌》为题材进行创作，这已经成了风气。在舞蹈中，也有以《九歌》为题材作舞曲的，跳得也很成功。

古今书写《离骚》的只有三个人，而书写《九歌》的人则多得很。最早的是唐代的欧阳询，宋代的苏东坡、黄庭坚也写过。明代文徵明的女儿文俶也写过《九歌》，并用篆、隶、楷各体写了法帖。

总之，《九歌》在我国文学艺术史上的地位是很重要的，其意义则更是极其深远。

黎安怀　整理

【注释】

① 旧《九歌解题》已收入教者《楚辞学论文集》，和教者新的《九歌解题》不同的主要点有：旧的把《九歌》当成楚国的郊祀歌，全部用郊祀的礼来说明它；新的则把《九歌》当成民歌，其中涉及问题极多，难以备录，兹从略。

② 此一段有二义：一言“九歌”一名起于古初，可能是夏禹、夏启乃至舜时古乐曲传下来成了楚《九歌》的先导，不过是要追索这个文化遗踪的前身，我的《屈原赋校注》上的说理是不足的，应与《九歌解题》旧说一文相参。

③ 在屈子作品中也详尽地说了“九歌”的来源，《离骚》说“启九辩与九歌兮”，又说“奏九歌而舞韶兮”。《天问》也说“启棘宾商，九辩九歌”。《远游》说“二女御九韶歌”。从这些话中来看，舞韶即九韶，可见韶乃舞名（以磬鼓为乐节之舞）无疑，则屈子又自作《九歌》，可见以旧曲翻新声而已。

④ 司命主寿夭，可能就是后世家家都供养的灶君菩萨，是管领人间的饮食的。“民以食为天”，所以成为寿夭之神了。

⑤ 《九歌》九成乐次乐器这一系列的问题，不弄出眉目很令人糊涂，要弄得十分明白，也可能会有些附会。实际上所谓九成者，即九个段落。

关于九成的说明即《九成图》，都可以从《尚书注疏》里求得线索。关于乐次与乐器，请参考阮元《研经堂集》、王国维《观堂集林》的释乐次及刘宝楠的《论语正义》讲“师挚之始，《关雎》之乱”一段自明。

第十二讲　关于屈子的思想

今天谈谈屈子的思想，屈子的思想是比较宽博的，牵涉的面很多，但我想主要谈三个问题。即“天道”、“天命”、政治思想（美政）与认识论。

第一点讲屈子的天道观。我们大家现在在哲学上喜欢用“天道”这个词，但在屈子的作品中是没有这个词的，我是用“天命”和“天德”这两个词来说明屈子的天道观的，如下图：

天命
　　＞天道
天德

上次讲《天问》时，我说在《天问》中是看不到屈子的认识论的（指哲学上的认识论，而《天问》只表现了他的宇宙观和人生观），所以在讲《天问》的时候，就没有谈认识论这个问题，今天来补充一下。屈子是从来不说“天道”这两个字的，“天道”这个术语是儒家的，在《尚书》中有好些篇都说到“天道”。而真正的道家是庄子，《庄子》中有《天道》篇。很奇怪屈子不讲“天道”这两个字。这是一种偶然的现象呢，还是有其他的什么原因？这个我们还要探讨。我们研究古人，尤其是研究古人的思想，不能单从一个字的有无来判断这一思想的有无。屈子不说“天道”两个字，宋玉也不说这两个字，而在战国时期，乃至春秋时期，这个词便有了。不仅在春秋时期，其实它是从《尚书》《易经》来的，或者说早在殷家就有了。屈子为什么不使用这个词呢？这可能有个使用术语的习惯问题，屈子虽不使用“天道”这个词，但他也是讲“天道”的。他的“天道”归纳起来就是“天命”与“天德”，“天命”与“天德”就是屈子“天道”的实际内容。什么是“天德”呢？很显然，它并不是指神德，而是指人世的道德。大概在我们历史上，从殷、周以后，天人之际的关系（即天与人之间的关系）便愈来愈密切了。因此，往往把天上的东西拉到地上来，也把人世的东西放到天上去，所以在整部《尚书》里面有一个现象，凡是说到天的地方，一定是与民相对的，我在《尚书》中找出四十多个例子，一说到天，下面跟着便说民，这种例子多得不得了。从这里我们可以看出，天人之际的关系，在我们的古代文献中，便大量地反映出来了[1]，因此，把人世的德比之于天，是我们这个民族思想发展的一种现象，大概在殷、周之际这个情况便比较明显了。殷周之际把人世的许多事情都配到天上去，人间的许多事情都拿天来做主宰。天来主宰人间的事，本来是夏家开始的，可是人事反映到天上去，应该比这更早一些，因为在《尚书》中一百八十处讲“天命”的地方[2]，都是说的天与人的关系，是人在揣摩天的意思。“天命”的“命”字在《说文解字》中是没有的，《说文解字》中只有“令”字，所以说“天命”就是“天令”，“天令”就是天所想象的。当然这个想象是根据人的想象来的，而不是天的本然。天怎么会想？是人在想象这话是天讲的，这事是天做的，这现象是天使它这样的，是拿人世的思想来比较天界的思想，所以不管“天德”也好，“天令”也好，都是人的意志在天上的反映，是站在人的立场来讲话的。所以说天人之际的关系，实际上是用人世来说天界。因此，我们讲“天德”，就应该先把“德”讲清楚，讲“天命”就应该先把“命”讲清楚。“命”字容易讲，很简单，“德”字则比较难一些。

“天德”是整个殷周以来总的对天的概念。什么是德呢？与生俱来的就是德，即生而有之，天生成的。因此，“德”

字本身含有一种表示真切的现象。“德”字的写法最初是，下面像是一只眼睛，上面这一笔表示睁着眼睛直直地向上看。这个字在小篆中是，上面一个直，下面一个心，而心字是后来加的，最初的字形便是上面写的那样，表示一个人的眼睛在直直地向上看，不是斜视，也不是只看一下，而是睁着眼睛正大光明地看。我在讲文字学的时候讲过这句话，我们平常讲东西南北，很自然这是北（指上），这是南（指下），这是西（指左），这是东（指右）。凡表示动的或表示动作的字，都是南北向的，如：（陟）（降）大体是直线；凡表示不是动的，都是东西向的，如：（从）（并），大体是横线。（说到这里，我准备插一句话，是很好玩的事，我们中国人称一件物或一个实体，往往用“东西”这个词，为什么要叫它“东西”而不叫“南北”呢？这个词的来历到现在没有人能解释得清楚，我有个意见讲出来可作为插科打诨。“东西”这个概念，大概在我们祖先的意识形态中早就形成了，即南北是动的，东西是静的。一个物成了体，不动了，一定是横的，于是便管物叫东西。我们从甲骨文、金文来看，假若甲骨文、金文中有一个字本来是表示动作的，但横写了，我们还按照本来的意思解释，那我们就把它的意思解释错了。比如表示动作的水，是从北向南的，应该这么写，但《易经》

的益卦的“益”字，上面的水是横写的，这就需要对这个字做进一步的解释。）根据文字构造的习惯来看，字上面这一笔是从南到北的，是动的，是眼睛在动了，而这个动的方向是直着向上看的，是向天上看的，所以上面的这一笔“丨”又表示正直的、刚健的、光明的。因此，用“德”字表示天，就是说“天道”是正直的、光明的，用一个图来说明就是这样：

德——天德——明德——耿介（光辉）
（明德分为：民德、耿介、君德）

《大招》“天德明明”，就是“天德”是清清楚楚的、明明白白的，“明明”两字指不是黑暗，既然不是黑暗就是光辉，就是刚健。因此，“德”字又往往表示刚健光辉。我们前面讲了，“天德”就是明德，而屈子的道德标准的最高境界是耿介。耿，光也；介，大也。“耿介”的含义就是刚健与光辉，这也就是“天德”。用一句简单的话来说，德应用到天上就是“天德”，但这是抽象的，说得具体一点就是“民德”。因此，到了我们在政治制度上来使用它的时候，便成了两方面的结合，即一方面是“天德”，一方面是民德。“天德”表示它的自然阶段，“民德”则是“天德”的内涵，所以《尚书》《诗经》都讲“民德”，在先秦诸子的著作中，没有一家不讲“民德”的，“民德”二字贯穿先秦一切政治思想之中，并成为当时思想的最高境界。不过这个境界也有个发展过程，最早的“民德”是对国君讲的，国君的道德是由“民德”来的，所以《尚书·泰誓》中说“天视自我民视，天听自我民听”，天所看到的是从我们老百姓身上来的，我们老百姓怎么看，天就怎么看；天所听的也是从我们老百姓身上听来的。这也就是说，只要看一看我们老百姓是什么意思，就知道天是什么意思了。在屈子的整个作品中，也是表现了这一思想的，如《离骚》的“览民德焉错辅”，就是从“天德”再往下看，看到老百姓的德的。“民之秉彝，好是懿德”，这是《诗经》的话，在屈子的思想中也是有这个意思的。《楚辞》中讲“民德”就是耿介，就是刚健，就是光辉，“皇天无私阿兮，览民德焉错辅”，就是说皇天无私心，而以人民品德之表现，来观察在位者之所施行，而后为在位者置辅助之人，所以伊尹也好，傅说也好，太公也好，都是天给你安排的。因为你是一个好的贤王，就给你安排一个好的臣子，周文王、周武王都是好的君主，天也给他们安排了好的臣子。所谓“君德”，就是指的这一些内容，这也就是我今天所要讲的“天德”“君德”“民德”三者之间的关系。

下面再简单地把上面的话总结一下。我们讲的德，开始是不分人和天的，德的含义也不大清楚，是浑然一体的东西，这是原始的德。等到慢慢地有了差别，然后才有天与人之德，慢慢地再有差别，才又有君与民之德。我们今天讲课的内容，都在我的讲义中“德”字那一条上，在讲义中，我只是讲了最原始的“德”字的使用方法。但在《大招》这篇文章中，“天德”并不是那上面的“天德”，而是“君德”的“天德”，这一部分的讲义还没有发。《大招》中的“明德”，主要是就“君德”而言，《大招》前前后后都是讲的楚国的措施，因此，我们不能再说是天的措施。看来屈子作品中整个“德”字，都是从“天德”来的，把“天德”讲清楚了，便是把“民德”讲清楚了。总之，“天德”有两个含义，一个含义是原始的“天德”，另一个含义是《大招》里的“天德”。③

下面讲天命④。

在《尚书》、《诗经》、“春秋三传”、《国语》、《国策》中，提到“天命”的有两百多条，这个“命”字，就是我们今天所说的“命令”，就是说天叫我们怎么做，我们就怎么做。拿先秦古籍两百多条“天命”来看，主要是说天如何安排我们人世的关系，我们人世如何接受天所安排给我们的这些关系。关于这一点，我在解释“天命”的这篇文章中都有了，将来可以发给大家，我还有一篇有关这一问题的长文章，将来也可发给大家。“天命”主要是说国君如何听取上天的命令，老百姓又如何听取国君的命令，在这里天人之际的关系是由国君来周转的。所以“天命”这两个字在《尚书》《诗经》中是就国家的命运、君王的命运、人民的命运来讲的，“天命”说到最后就是人命。因此我们说，中国的政治思想一直是人本主义的，是以人民为基础的，这是我们可以在整个世界政治思想史上引以为傲的，我们的人本主义比欧洲的人本主义早得多，因此，它是最老的、最大的、最光明的。我们自古以来就说“天命自我民命”，因此“天命”这个学说是我们政治理想中最高的理想而不是迷信，它绝没有丝毫迷信掺在里面。把“天命”“天德”结合起来看，就是指天的一切举动，而天对人的一切活动是由它的本质发展来的，它的本质是善良的，是美的，因此“天德”就明。

“天道”的“道”字又是怎么个讲法呢？简单地说，“天道”就是天所由经的路子，具体地说，就是它拿它本质的光明怎样来照耀我们人间，我们人间又如何承受它光明的照耀，并把它的本质反映到人世中去。所以说屈子的“天道”思想是集中了三代以来政治思想中最精华的一点。由此我们便可讲到第二点去，即他的美政。

屈子的政治理想我们可以用美政来概括它，说明它。从美政这一条来看，是无处不体现“天德”与“民德”的，归纳起来，大概有以下几点：

第一点是屈子以什么为美政呢？他希望有一个圣君贤臣。怎样看出屈子要圣君贤臣呢？这在屈子作品中有大量歌颂圣君贤臣的材料。有了圣君才有贤臣，没有贤臣，圣君也是办不了事的。因此他培养胄子是为了辅助圣君，上天求女是求贤臣，也是为了辅助国君，所以圣君贤臣是屈子的最高理想。在屈子的整个作品中，讲圣君的地方是很多的。他还有一个方法是对比的方法，一些非圣之君，比如桀、纣、羿、寒浞、浇等，他也讲，拿正反方面的对比来说明政治措施的好坏，这是与他所生活的现实有关系的。屈子时代的现实，君王并不一定了不得，他们是恶劣的君，恶劣的臣，屈子是想通过对比来说明圣君贤臣的重要，并借以说明楚国当时无圣君贤臣的危险。“彼尧舜之耿介兮，既遵道而得路”，“耿介”是什么，我们前面讲了，“耿介”就是光辉，一个做国君的人不能鬼头鬼脑，玩鬼把戏，要光明正大，做领袖你不光明，你就要灭亡，所以屈子对国君要求的最高标准就是“耿介”。

第二点说贤臣，要怎样才能算一个贤臣呢？主要是“贤”

“能”两字，要“选贤与能”，才能得到好的臣子，当然“选”是国君的事情。但国君的选一定是根据“天命”来的，根据“天之明德”来的。因此，首先要你好，然后上天才能给你安排好的臣子。什么是贤能之臣呢？那就一定是非义而不用、非善而不服，一定是义而可用、善而可服的人才能是贤臣，善和义是贤臣的最高标准。在屈子的作品中，讲到贤臣的时候，往往用“忠贞”“忠诚”“忠信”这些字眼，所以这地方的“义”“善”两字就是“忠”字的本质，用一个“忠”字就可以说明你是正义的、善良的，所以，他只概括讲一个“忠”字。我们过去讲过，屈子受氏族社会的影响多一些，受周家宗法制度的影响少一些，周家宗法制度是以“孝”为基础的，而氏族社会是以“忠”为基础的，所以，他是用人以忠，没有一个臣子是非忠而用、非善而服的。

第三点主要想讲一下民心所向的问题。你要想成为一个真正的顶好的国君，那就要看你是否合乎民心所向，如果你能按照民心所向去做，那就一定是好的，因此，屈子也是一个民本主义者。

在我的书中还有一条叫作“明德”，讲得很详细，大家看书就行了。⑤除此以外，我们还有一个具体的材料来做证明，这便是《大招》的最后一段。

这里第一条讲贤人在位：“三圭重侯，听类神只”“魂乎归来，尚贤士只”“举杰压陛，诛讥罢只。直赢在位，近禹麾只。豪杰执政，流泽施只”。

第二条讲对人民的政绩：“察笃夭隐，孤寡存只”“先威后文，善美明只”“魂乎归来，赏罚当只”“发政献行，禁苛暴只”。

第三条是讲富强之绩：“田邑千畛，人阜昌只”“昭质既设，大侯张只。执弓挟矢，揖辞让只”。

第四条讲君德：“名声若日，照四海只。德誉配天，万民理只”“雄雄赫赫，天德明只”“尚三王只”“国家为只”。

第五条是讲开拓疆土：“北至幽陵，南交阯只，西薄羊肠，东穷海只”。

《大招》整篇文章，都是讲屈了的政治理想的，拿《大招》这篇文章最后这一段来看，屈子的政治理想完完全全地在里边了。而且可以拿这篇文章来说明我们前面所讲的屈子的美政，你们仔细看一下《大招》这篇文章就行了。

最后讲屈子的认识论。我们在讲《天问》的时候，没有讲屈子的认识论。屈子认识论这一段放在同上面两段平列的次序，好像有点不大相称。由于内容比较复杂，我这里只是补充上次讲《天问》时没有提到的一些问题。屈子是有认识论的，他的认识论就是“生”，也就是“性”，“生”和“性”是屈子认识论的基础。“生”是指存在，“性”是它的本质。所以屈子的认识论是从本体出发的，是从事物的本体来认识的。他首先抓住了事物的本质，然后再来推论。怎样见得他是抓住事物的本质了呢？我们从屈子的作品中是可以大量地看出许多东西来的，下面我用一个图来说明：

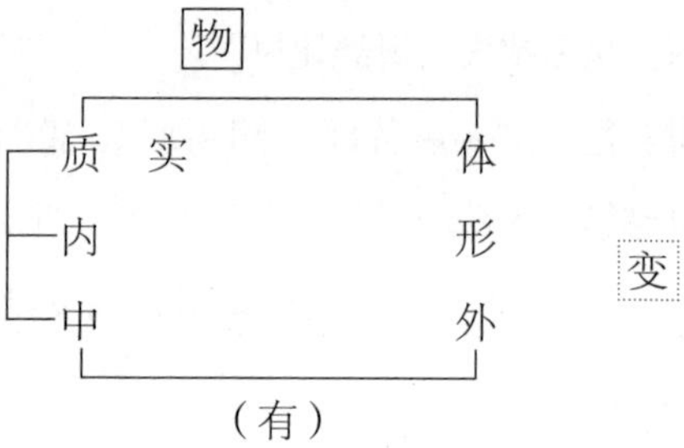

在这个图里，我从屈子整个作品中提炼出这几个字来，每一个字写一篇文章，用来推敲屈子所说的什么是“物”，什么是“性”。从这里我们可以看出，它的主体是“有”，因此，我们可以说屈子是很有唯物主义思想的。他不像老子，老子主要讲“无”。老子是“无”字当头，屈子是“有”字当头。他的文章中虽没有具体提到“有”字，但“有”字的内涵他说得很清楚。比如他常常提到“质”字，提到“实”字，这都是在讲物自体的内容，物自体的内容就是实实在在的东西，但光有内容有实质还不行，还要有一个外形，没有外形在哲学上也是不行的，所以他的作品中还大量地谈到物的外形，他对外形也是讲得很清楚的。屈子把一切事物都看成有性的，而“性”就是“生”。现在用的“性”和甲骨文中的“生”本来就是一个字。“生”不过是指这件事情的发生，比如什么什么生了，而“性”则是把“生”字变成名词，说明这个物的内涵。把“生”和“性”连在一起看，就是说天生的、自然的东西就是物的性，比如水，天生是平的，因此“水”字便当“准”字讲；火的天性是要燃烧的，所以“火”字便当“毁灭”讲；人是动物中最了不起的，是万物之灵，所以说“人，仁也”。他总是拿天生的特点来说明事物的性，所以说“天性”是屈子的最高概念。首先抓住事物的客观存在，然后再从这里找出它的内涵和本质。比如一棵树，内含很多植物纤维，有柏树、柳树、杨树等，若干若干种，为什么有这些差别呢？这主要因为它的组织结构不同。内部组织结构的不同，便构成了它不同的质，把质弄清楚了，也就知道了它的实。所以，我们说一部《说文解字》讲草、木、鸟、虫、兽，讲得很好，主要因为它是从草、木、鸟、虫、兽的本性来说到它的实体的，比如四只脚的动物中区分出马、牛、羊，这就是它的实质，也是它的名字。“性”“质”“实”这三个字看起来“性”是第一的，“质”是第二的，“实”是第三的。说到这里，就把内容说清楚了，外形也说清楚了；内心的东西说清楚了，外貌也说清楚了。所以从屈子的整个认识来看，是很全面的。是不是就可以说屈子是个唯物主义者呢？不敢说，他还不能算是一个唯物主义者。因为他在讲“性”的时候，往往用“精”“灵”两个字来做代表，也就是说他在有些地方还讲不清楚，他在抓事物的本质抓不住的时候，就把精灵抬出来了，说是天生的，天叫如此的，我也没办法的，仍然是把天扛在物的上面，因此，他不能算是彻底的唯物主义者，里面只是有唯物主义的成分，屈子的认识论大概就是如此。

最后的结论，还要说到事物的变化。事物从开始便在逐渐变化，物的自身是在不断变化的，物要是不变，这个物就死了，要么就不存在，所以最后的结论是变。物可能由这一物质而变为另一物质，比如水，到了冰点就变成了冰，冰与水到底形体是两样的，这便是变化。因此，物的形体和内涵都不是固定的，由于实践的关系，气候的关系，什么什么的关系，若干若干外来的影响，都可以引起物的变化，所以这个变化的“变”字，是我们判定辩证唯物主义者的最重要的一点。而屈子这一点是没有的，他只讲“有”而不讲“变”，他没有把“变”抓住，而且没有把物自体以外的东西安排在物自体发展的关系中去，所以，有很多问题后来便说不下去了。我们辩证唯物主义者顶了不起的一件事便是把物的自体和外界环境联系起来，而许多朴素的唯物主义者则只抓住物的本身而不晓得它的“变”，特别是不晓得外来因素对“变”的作用。当然“变”主要是内部的因素，但内部变化的因素也是受外界影响的。没有内部自己独立变化的事物。而屈子恰恰看不到这一点，所以，我们说他只是一个朴素的唯物主义者。

栗　凰　姚益心　整理

【注释】

① 天与民之间的关系，《尚书》中见得最多，先秦典籍中也不少见。这也是周代政治思想核心问题之一。这是一种现实的、入世的、民本的政治思想，而不是神化的、半宗教意识的政治思想。天、民二字直接连写的如《皋陶谟》：“天聪明，自我民聪明。天明畏，自我民明威。”《康诰》：“天惟与我民彝大泯乱。”《泰誓》：“天视自我民视，天听自我民听。”《酒诰》：“在昔殷先哲王，迪畏天显小民。”《多士》：“诞淫厥泆，罔顾于天显民祇。”《无

逸》："天命自度，治民祗惧。"《大诰》："今天其相民。"《高宗肜日》："惟天监下民，典厥义。"……除直接以天、民连文，写天人之际关系外，还有如《易经》："天道下济而光明。"《酒诰》："人无于水监，当于民监。"《左传》："民能载舟，亦能覆舟。""民，神之主也。"……实际上都只是这种天民思想的变换表现而已。

② 《尚书》中讲"天命"的地方，几乎每篇都有，在《皋陶谟》《盘庚》《汤誓》《康诰》《召诰》《大诰》《洛诰》《多士》《多方》《无逸》《君奭》……诸篇中都有例证可参。

③ "天德"是上天之德——"天明明德"。但为人君的是代天行事，故"君德"当和"天德"是统一的。《大招》的"天德"实质是指"君德"言。

④ "天命"一词，在《诗经》《尚书》《春秋》《仪礼》《易经》和其他先秦典籍中随处可见。又略作命，或变作帝命（上帝命）、休命、基命、定命、革命等。就字的表面看，颇具神秘宗教色彩，大体是说，人世的一切决定于天意。这是由于人类对自然、社会现象的蒙昧无知，一切无法解释的事都只得归之于超人的"天命"所掌握。国家、政权、君主、人的命运——征战、灾异、祸福、寿夭……都来自天。但中国哲学思想的现实、入世、人本的特点恰恰表现在正是人间的"民"，和这个"天命"紧紧结合在一起，"天命"正是通过民意、人事来表现的。它最后还是用现实的人事来解释的。产生这样的结果正是由于上古时代中国始终没有形成自己的宗教，但却有着原始的宗教、迷信意识的缘故，从注①的例证也

可见一斑。

⑤ “明德”一词，《诗经》《尚书》中常见，《诗经》中多见于“雅”“颂”中。这个词源于上古幽昧，人们因为惧于黑暗而有光明崇拜。（日、月、火、光。又甲骨文中“明”字及从明之字，如盟，皆从日从月。）人们所崇拜的日、月、火、光，即具有超人智慧，可起主宰人间一切的“神”的作用。到社会组织产生以后，这种人间社会的、掌握统治的力量，就有一部分转到了天子、君主的手中，于是将光明的含义增加到政治、道德、哲学的范畴中去了，而在中国封建社会、儒家政治、哲学中起着极为重要的作用，使这个宗教性的术语延长了寿命，扩大了作用，而成为统治阶级之天子、诸侯受之于天的完全无瑕，既能与天神相协调，又能显见于民意的一个政治术语。我们从甲骨文中帝王的名号到后世帝君名号与“明”字的关系，古代政治制度与“明”字的关系（明火、明水、明辟、明堂、明刑、明誓……），先秦典籍中凡用“明”字处所表现的神秘意义、所追求的哲理意义及与“明”字有关联的如昭、显等字的含义等方面可以说明之。而明德正是这种最高的宗教崇拜意识与人间社会政治、哲学最高标准结合的一个词。（参姜昆武《诗书成词考释》）

第十三讲　楚辞作品的艺术特色

这是最后一讲，主要是讲屈原作品中的一些问题，作为全部各讲的总结，但讲的还只是一个条条、一个框框。以下分为三个题目：

一、屈宋赋的继承

屈宋赋继承了些什么？发展了些什么？对后代有些什么影响？这是三个小问题。

我们不能不承认屈原的作品是中国南方所产生的一种特殊的文艺形式，这个体式，在它以前就有[①]，也很多，但常是两三句，或一章两小段，没有像《离骚》《九章》这样长的篇幅。屈宋作品在这个体性中，发展到了最高阶段、最为完整。从屈宋作品往前追溯，在沈归愚的《古诗源》的第一卷里，前二十四首大抵是古代传出的东西，是同楚辞有关系的、可用的材料。这只是提个总貌罢了。冯惟讷的《古诗纪》比《古诗源》详细，材料多。假设《古诗纪》找不到，林春溥的《竹柏山房全集》里有一集录有古诗、古谣谚、古歌。林春溥是乾嘉诸老里的人，作的东西比较谨慎规矩。冯惟讷以多取胜，材料收集得很多，而林春溥是以精取胜，他一定是靠得住的有根据的才用，如纬书、伪书里的他是不用的，他只用六经以及子书里几种可信的材料，所以看看林春溥的更好。但沈归愚、冯惟讷和林春溥都只能追溯到诗。屈宋作品的形式是接近民歌的，比如“卿云烂兮，纠缦缦兮。日月光华，旦复旦兮”（见《尚书大传》），就是中国古代的一首民歌。又如《礼记》所载：“断竹，续竹，飞土，逐肉。”还有伍员渡江时的歌《越人歌》，拿它的体制看极像《九歌》，这一点是不是就能算南方文学的祖宗呢？不能算。大概我们现在搞文学的人都把每一个民族的文学推衍到神话、寓言这个阶段，所有研究文学的人都这样做了。我们现在拿这个方法来看看屈原的作品也是非常对的，而用在《诗经》里边可能就有缺陷了。这是因为，中国原始神话在《诗经》里作用小，而在《楚辞》里的作用很大。《楚辞》里保存了许多的原始宗教、原始神话，尤其是《天问》《九歌》《大招》《招魂》这四篇。这种神话在诸子里也很少见，《诗经》则只有《生民》中有一点，讲姜嫄生后稷一段，有点神话成分，别的就很少了，原因就是《诗经》已经过孔子删改了。“子不语怪力乱神”，所有牵涉到怪力乱神的东西，孔子都把它修改过，甚至不要了，因此留下来的纯粹是有史时代的东西，即人类有了历史记载时代的东西，而史前的东西极少。（“史前”，有的称“先史”，都是Prehistory的中文表达。）《楚辞》里边先史的材料很多，除《天问》外，甚至《离骚》里边也有很多神话。归根结底，应该说《楚辞》最早的根源同神话有关系，即神话给《楚辞》一个顶大的影响。所以屈原能够成为一个浪漫主义者，其浪漫主义的成分并不是屈原创造的，而是承袭了古代的神话，屈原所有的浪漫主义都是从神话中来的。不过这里得插一句，在屈原的作品中，寓言的成分却少，寓言的成分在《庄子》里边多。屈原和庄子刚好是南楚两个大家。这真是个奇怪的事情。屈原的作品大体是以神话为基础，而庄子作品大体是以寓言为基础。《庄子》里大鹏、北溟有鱼都是寓言。很奇怪的是：庄子得到寓言，屈原得到神话，刚刚这两个合起来成了南楚的文学重点。这是很容易让我们理解的一个现象。我们说南楚文学在中国汉以后一直成为中国文学的一个主干——不能说全部是南楚文学，但它是一个主干——如大家都读《诗经》，但后来仿《诗经》体式作诗的少得很。汉以后诗歌发展是五言、七言不定，三、五、七、九都有的，这就是楚辞的形式，而并不是《诗经》的形式。所以尽管大家在读《诗经》，大家在读儒家的著作，但文学创作采取的则是南方的形式。因此我们可以说《楚辞》成为中国文学史上的一个中心了。屈原已经把现实主义和浪漫主义结合得很好，而在《诗经》里边并没有这两者的结合，《诗经》里边百分之九十以上都是现实主义的，没有什么浪漫主义。《诗经》的浪漫主义顶多是诸如“杨柳依依，雨雪霏霏”这样的两三句话，“蒹葭苍苍，白露为霜。所谓伊人，在水一方”就算是了不得的了。“二雅”“三颂”更不用说，《国风》里不过就那么两三首。所以我们说屈原的作品是同中国原始时代的神话有密切关系的，他使用了很多很多神话。这些神话中，有一个神话在别的地方很少用，而在屈原的作品里用得特别突出的，就是光明崇拜的问题。光明崇拜在屈原的作品里多得不得了，例如关于“十日”的传说、曦和的传说，都是从光明崇拜来的。光明崇拜是一切民族在原始时代必然经过的一个阶段。在北方，有光明崇拜的痕迹的只有墨子。墨子还有点光明崇拜，还有点神的宗教味道。墨子与孔子对立，孔子是“子不语怪力乱神”，墨子偏偏要讲天志、明鬼，两家完全唱的是对台戏。[②]所以我们要了解墨子，也要从孔老先生的书里面找他的根源。墨子的东西，我们后人不大喜欢，他不是煽动我们的感情，而是把浪漫的东西如神话等作为学理来使用。而在屈原的作品里则是把神话同他的感情糅合在一道，充分表达了他的感情。

有人问，我们在历史上往往讲“诗骚”，拿《诗经》来配《离骚》，一般文学史都认为屈原的作品是从《诗经》发展而成，甚至有人还说《诗经》里没有南方的文学，企图把屈原的作品拿来补在《诗经》里边。我们觉得这不大科学。假如把《楚辞》放在《诗经》里边，算作中国古代诗歌的一个总集，是否可能呢？一看就明白，这是两个色彩，绝不能拿《楚辞》来续《诗经》。因为在战国时期，也还有人用《诗经》的体式来写作，并非《诗经》在春秋后就停止了，《诗经》是还有发展的，不过是发展不下去了。汉高祖做了皇帝，《大风歌》一出来之后，大家都讲《大风歌》唱得真痛快，真动人。所以要拿《楚辞》来配《诗经》是不对的。“诗骚”两字连起来讲，就说成《离骚》是《诗经》的继续是要不得的。不过诗、骚二字，汉人跟后人的解释不一样，他们认为诗是诗，骚是骚，只不过把这两个东西连起来说了，并没有说《诗经》的继承者是《离骚》。

但是，屈原读过《诗经》没有呢？读过儒家的东西没有呢？

屈原两次出使齐国，大概也参加过稷下的讨论[3]。齐鲁是甥舅之邦，相邻之国。屈原是否也读过《诗经》呢？我说是读过的。屈原作品里有很多现象同《诗经》有关系。我只举一个最重要的例子：《离骚》、《远游》乃至《悲回风》三篇后面都有"仆夫悲余马怀兮"这句话。就文章逻辑发展来讲，屈原到昆仑山上了，他悲戚的时候就想到自己的来路。可是《离骚》在写到昆仑山的时候，本没有提到"马"字，都是讲驾龙车，驾飞龙，驾象车，但到最后来个"仆夫悲余马怀兮"，提到个马，这马是从哪里来的？这是从《诗经》起，我们整个民族共有的一个现象，古代的人出征时一定是骑马的。所以《诗经》里的"我马瘏矣，我仆痡矣"，屈原大概是读过的。用"仆"字同"马"字来代表作者的主观愿望，把感情寄托在仆和马的身上，这是《诗经》的东西。屈原在前面完全未提这件事，后面突然"仆夫悲余马怀兮"，这从思想逻辑的发展来讲是不大好讲的。闻一多先生说，古人云马八尺曰龙，后面用马，前面用龙，未尝不可。我说，"马八尺曰龙"，这是《易经》上的话，你在南楚不能找出例子来，这是一。屈原作品只有说驾飞龙，没有说驾飞马的，龙才能飞，马不能飞。"天马"是起于汉朝的，汉以前没有天马。所以我们说屈原作品里用“仆”、用“马”是读《诗经》得来的，屈原作品里同《诗经》有关的典故不止这一个，因此，他肯定读过《诗经》，并受过《诗经》的若干影响。但尽管有《诗经》的影响，他自己仍要用他自己这个民族最习惯的、感染性最大的一点创作。屈原读过《诗经》，但他读过多少，则很难说。再如《九歌》中的“灵保”这个词，《诗经》用神保，就是“尸”。“尸”就是祭祀时拿一个小孩装扮成“祖先”放在台子上，叫作“尸”。《诗经》里有的地方用“尸”，有的地方用“皇尸”，有的地方用“神保”，有的地方用“保”。四个名词，都是指扮神的这个小孩。

《诗经》里反映的很多宗法社会扮神的小孩，只能是孙子。为什么只能用孙子来做“尸”呢？因为祭祀的人可能是儿子，所以要拿儿子的儿子来扮成自己的父亲，这是原始社会的婚姻问题。孙子同祖父是一个系统。因为在母系氏族社会，出嫁的是儿子，不是女儿，儿子生了孙子再回来，所以孙子算是祖父的子系，儿子不能算子系。这是讲《诗经》里的“尸”。到屈原作品中，扮神的灵保是巫。在《诗经》里是做祖父的。而《九歌》里只作为一个神，是屈原借用的词汇，这脉络是清楚的。总之，屈宋作品的来源，同古代的神话有关系，而屈宋也是读过《诗经》的。就是说，他们是继承了古代的东西的。

屈原的作品发展了些什么呢？

拿体式（形式）来讲，是由很短的篇章，两三句话、五六句话、七八句话，发展成长篇大论的文章。这是屈宋赋的发展。这里也有个逻辑的发展。我们一切文学创作的发展，一定是一个逻辑的发展。我们的语言，无非是一个主语、一个谓语、一个受事，这三件事。作为文章，也有一个主要的意思，有一个推动这个主要意思的动词，然后得到个结论，这是我们逻辑上的三段论法。但成了大篇以后，哪一段应该是这篇文章的“主语”？哪一段是“动词”，哪一段是结论？这个逻辑的发展是从句子发展到成章，在一切文学里都是有的。在中国文学上发展得最鲜明的当然是诸子的文章，就诗歌来讲则是屈宋的作品。屈宋作品的逻辑发展达到了极点。它整篇文章有个主体，有推动这个主体的行动，然后再得个结论。如《离骚》的主体是前八句，推动主体的东西就是他对祖国的怀念。《离骚》中，前面说故都，后面说故乡，故乡同故都的区别分得清清楚楚。故乡是同篇首“帝高阳之苗裔兮”一句相通的，要不然这一句就没交代了，最后是交代了的。因为故乡就是他们楚国的发祥之地，是昆仑山，他用故乡来回忆篇首的“帝高阳之苗裔兮”。《远游》也如此，最后说故乡。这是个国家同民族的关系问题，用现在的话来讲，屈原脑子里就是由一个“国”

想到了这个民族。所以从篇章形式来看，他是已经极尽其意，推阐逻辑思想的发展。现在说形象思维，在屈原作品里的形象思维是比较隐晦一点的，但确实是非常深刻的。

还有一点是思想的问题。从母系氏族社会开始一直到春秋战国这个时代的中国民族和社会现象，在屈原的作品里全部都有反映，特别是大量地把中国古代氏族社会的现象做了反映。因此屈原作品中有忠君爱国思想，而却没有“孝”的思想。整个屈原作品中只提到一个“晋申生之孝子兮”。他很不讲孝，而讲忠。王夫之提出：屈原如此忠爱自己的国家，但伍子胥回来把平王的尸体拿出来打了一顿，这乃是一个国家最大的仇恨，为什么屈原对伍子胥还这么敬爱呢？这是古人没有完全了解我们社会发展的情况。我们现在晓得了，有氏族观念的人，他是不管宗法问题的。你平王的尸被别人鞭了，你得罪了忠臣，你平王不对，你虽是我的祖先，但我屈原不是宗法社会的人，是氏族社会的人，我只要爱国就得了。伍子胥爱国，能替他的君王出力，拿忠来讲他是对的。屈原只讲忠不讲孝，这是氏族社会的一个发展。

因此，就思想的发展同篇章的发展来看，屈原的作品在南楚是一个非常成熟的东西。要是没有屈原的作品，就不会有我们后代文学的这个发展，或者说我们后代文学的发展不会是我们现在走的这个路子，像汉乐府、唐人律诗，宋以后的词曲等，可能是另外一个路子，至于什么路子就无法猜了。

后世文学为什么有许多浪漫主义的色彩？这大体是得之于屈原作品的，是屈原作品的发展。今天只举两个要点。一点就是所有汉代的楚辞，从贾谊的《惜誓》《鹏鸟赋》开始，以后整个汉人的楚辞文章都是根据屈原的思想及其作品来作的，甚至有的人就是把屈原一生的事迹来重复一遍。如东方朔《七谏》，第一是屈原初放，第二是沉江，完全是把屈原的事迹串起来。另一个是刘向的《九叹》，这两篇文章是重复屈原一生的事迹最详细的。类似的作品历代都有，有许多往往是借屈子的话来抒发自己胸中的块垒。这类作品我们给它另定个名称叫“绍骚”。体式、思想都承继《离骚》，甚至内容也用屈原的事迹。这算是屈原文学的直接发展。另外，各个朝代都有渔父辞，多得不得了，这就是受屈原《渔父》这篇文章的影响。“沧浪之水清兮，可以濯吾缨；沧浪之水浊兮，可以濯吾足。”后人发挥这几句话的简直多得不得了。七弦琴歌也有一组词，音乐也配进去了。元曲里《屈原问渡》是很有名的，词曲里也有，一直到清代还有人作，这算是“绍骚”的旁支了。此外，艺术家替《诗经》作画的很少，顶多是替《诗经》作个地图，除此而外，有人替《豳风·七月》画过两张图，别的没有了。日本人根据《毛诗品物图考》，把每件东西都画了出来，是最了不起的了。可是那是科学研究，没有一点艺术味道，也没有想象或加上作者自己的主观愿望。如《关雎》中的雎鸠鸟，画得非常像，但并没有把自己脑子中的雎鸠加进去，只求其像个雎鸠鸟就算了。这不是艺术，而是科学。这个情况《楚辞》也有，吴仁杰的《离骚草木疏》，草什么样，鸟什么样，兽什么样，都有图说，但不能算艺术。古今来画《九歌》图的却很多。据我所知有十三四种，都是大名人画的。最早画《九歌》的是李龙眠。李龙眠的《九歌图》至今还在（大概在故宫博物院）。还有个张渥的《九歌图》，存在吉林省博物馆。大概单画《九歌》的画就有八九个或更多。还有《天问》，连《四库全书》中的《天问图》都是每句话都有个图。这些图都是想象。湘夫人的穿戴像唐代宫女的样子。徐悲鸿的《山鬼图》画个女人，身上披着树叶子，骑个豹子；但别人画的山鬼却是男像。你脑子里的山鬼和我脑子里的山鬼不同，你创作的是一个样子，我创作的又是一个样子，有很多艺术成分，有作者自己个人的主观愿望在里面。古往今来，尤其是先秦典籍里，像屈原赋这样惊动绘画界的艺术大家来画这样多的图，是没有第二个的，找遍中国没有第二个。现在屈原的戏剧出来了，电影也有了，可见影响之大。

还有，我国著名历史人物表现的气节与屈原的作品有很大关系。文天祥并不是抱着宋儒的话来讲，倒是抱了屈子的东西，他的《正气歌》几乎是屈原的“正义”这两个字的发挥。还有陆秀夫、史可法，哪一个不是忠君爱国，以死报国，以死报君？在我们整个国家民族里的所谓气节，恐怕受屈子的影响比受儒家的影响大得多，只要稍举一两个例子就可以看出。例如南宋漂流到杭州的，“渡江来百年酣醉，一夕西湖水”（南宋太学生的一首诗），都是读儒书的。倒是一个并不是浸满儒书，只是他母亲刺了一个“尽忠报国”的岳飞却忠贞不渝地为国家效劳了，而专读儒书的人倒不替国家殉难。秦桧读书读得不少，怎么样呢？儒家的书到底留下来什么结果？不读儒书的人反倒可以悲歌慷慨一下，读儒书的人悲歌慷慨都没有，实在可怜。所以从整个中国文化来看，屈原的影响是大的。一个革命家在旧社会从日本回家蹈海而死，最后是读两句《离骚》而死的。屈原的作品那样掀动并抓住人民的感情，是千古以来所未有的。苏曼殊也说过两句话：一个人在三十岁前不读《离骚》是应该死的，没活气了；三十岁以后读了《离骚》不能替国家死，也是没有活气的。《离骚》的影响实在是太大了。

二、人物的个性，艺术的构思

1. 时代的色彩——屈原的东西为什么会这样动人？屈原是个现实主义者，作品里表现了许许多多当时现实的东西。当时情况是大家都“偭规矩而改错”，“众皆竞进以贪婪”，从国君荒唐起，大家都信谗言，不管国家的事，他揭露了这个时代的黑幕是最清楚的。我们把屈原的作品拿来与《战国策》里好几个人批评楚国的情况做对比，当时情况更显得那么活灵活现。《离骚》好像就是这几个人作的一样，当时的时代就是那样的时代。

2. 人物个性——屈原作品是表现个人的，班固批评他是“忿怼忘身”，其实屈原并没有大的愤怒。他这个愤怒是恨铁不成钢，是替老百姓在那里愤怒楚君，并不是屈原自己对楚君有什么恩怨在里面。“怨灵修之浩荡”，“浩荡”就是荒唐。屈原的个性是痛痛快快，有什么说什么，一点也不含糊，一点也不隐讳，虽想含糊隐讳，到最后也含糊隐讳不下去了，便跳水自杀。屈原为什么要跳水呢？屈原是清清白白的，“伏清白以死直兮”。“直”是道德的“德”字，即我有这个德，先天得之于我的先祖高阳，我是楚国的宗族。我又有这样的修养，既然“举世皆浊我独清”，我有什么办法呢？他自己个人是光明磊落的，没有一点含糊，他最看得起的道德是耿介，“耿”是光明的意思，“介”是大的意思，光而且大，这是屈原最高的理想。因此在他的整个作品里，我们也可以说是“耿介”两个字。他的个性非常鲜明，一点也不含糊，绝无阴谋诡计。具体说，他对国家是非常忠贞的，对人民是非常爱护的。讲“义”，讲“忠爱”，这就是屈原的思想，屈原的伦理道德。他所表现的是氏族社会人的刚健的性格。

3. 艺术的构思——总的说，屈原的艺术构思是非常有趣的，有一个公式。我们读他的每篇文章大概都可以拿这个公式去套（但不要死套）——我对国家怎样？我对人民怎样？我自己的愿望怎样？全部如实的思想。愿望破灭了，让你们去做吧！我去“远游”了。远游两个地方，一个是到昆仑山去，一个是到天上去。到天上去是不得已的，到昆仑山是怀念我自己的祖宗，并不是我真正上过昆仑山。我的理想是回到我先人的兆域里边——因为昆仑山是我们楚国的发祥之地，表示了对国家的忠爱思想。他的构思大体可分三个阶段：首先是从现实的愿望出发；其次是理想在现实中得不到实现，于是便去远游，去追求；最后是又回到了故乡。了解了屈原艺术构思的这个特点，就可以证明《远游》确实是屈原的作品，绝不是司马相如的《大人赋》。如果再看看贾谊的《惜誓》，那么就会对屈原的艺术构思看得更清楚了。④

三、楚辞的民族性

1. 保存着楚文化的特点，突出地保存了氏族社会的特点。

2. 楚的风习。《离骚》前八句中，讲到的“庚寅”是楚的吉日。《九歌》中完全是楚的风习，那是一整套的舞曲，可能是兵士要出征了，来一个大欢乐以鼓舞士气，最后是《国殇》。齐、鲁、三晋没有如此大规模歌舞的仪式。楚的兵力是很强的，秦国怕楚国，搞什么《诅楚文》来咒骂楚怀王。记载楚国风俗最全最准确的是《汉书·地理志》，写得很中肯。

3. 楚的语言。《楚辞》中有许多话是只有楚国才有的。但也可以看出，有一些语言与北方语言有对应关系。比如“周章”，只有南楚有，可是从使用规律看，就是北方的“惆怅”。这一类例子很多，如“相羊”，就是北方的“徜徉”。关于这个问题，我有《楚辞楚语考》一书可参。

4. 赋比兴与楚辞修辞方法。《诗经》“六义”中的赋、比、兴和《楚辞》是有关系的。将一件事按逻辑方法写出来就是“赋”，汉代人已经把“赋”拿来作为《楚辞》的特点，称屈原的作品为“屈原赋”，这是不妥的。屈原作品中从思想感情看也可勉强说是有“赋”的特点，但赋毕竟只是逻辑的发展，所以只能说屈原作品中有赋的规模，因为赋本身是说明事物原始要宗的方法，但屈原作品中并不完全是这种方法。

“比”“兴”，屈原作品中以“比”为主，“兴”较少。“兴”最突出的是《孔雀东南飞》的开头，作者以他所见的拿来引起下文，和内容常常无关。在屈原的作品中，“比”多于“兴”，“芳草”比“美人”，“恶草”比“小人”，“灵修”比“君王”，等等。即使我们偶然发现有一两处看来好像是兴，其实也是比。过去研究《诗经》也常常出现类似的情况，例如“关关雎鸠，在河之洲”，朱子说“兴也”，但自欧阳修起就说雎鸠是布谷鸟，古时春天布谷鸟叫时男女自由交往，因此说明这种手法是“兴而比也”，讲得很好。周拱辰的《离骚草木史》中就常常能够讲出《离骚》中借草木兴而比的特色。过去，有人常常是因为不了解风俗民俗，从而造成了解释上的错误，例如不知道“雎鸠”是布谷鸟，不了解古时春天男女自由交往这件事，就像朱老夫子那样，讲错了。总的说来，用《诗经》“六义”中的“赋、比、兴”是可以讲《楚辞》的，但《楚辞》是以“比”为主，偶然有点“兴”。

再讲《楚辞》的修辞。《诗经》是四言。汉语的发音法是双音节为主，例如“关关/雎鸠/在河/之洲”“帝/高阳/之/苗裔”，以两字为一音步的方法运用在《楚辞》中。一切原始诗歌都是以节奏为基础，《诗经》就是如此，《楚辞》则把这一传统打破了。这是一。古诗不大用以宾语提前的方法来写作，《诗经》之“颂”偶然有，《国风》中是没有的，然而《楚辞》中却多得很。这是二。只有《楚辞》中才有用三个字来做状语的，如“览、相、观”，这是三。《九歌》中有许多句子往往省略句中的介词和语气词，《九歌》中省掉的介词以“兮”字代之。例如“浴兰汤兮沐芳，华采衣兮若英”，这样的句子中的“兮”字并不只是语气词，而是同时起着介词作用的，也有作为代词来用的。这些修辞的方法和特点，在《诗经》中一般是不存在的。

【注释】

① 屈原赋的这种文艺形式，在屈子之前久已存在，除文中提到的例证外，我们还可以在秦汉典籍中看到许多有关记载，如《孔子家语·辩乐解》记《南风歌》，《左传》昭公十二年载《南蒯乡人

歌》，哀公五年记《莱人歌》，《国语·晋语》记优施《暇豫歌》，《史记·滑稽列传》记楚庄王时人作《优孟歌》，《论语·微子》载《楚狂接舆歌》，《孟子·离娄》载孔子听楚《孺子歌》，《左传》哀公十三年载《申叔仪乞粮歌》等都是，可参。

② 孔子"不语怪力乱神"，在他的语录作品中并不见有光明崇拜这回事。但在经孔子删定、推崇，而至汉代又有所发展的儒家经典、儒家思想都是有光明崇拜这件事的，因此孔子的思想和孔子所推崇而整理保留的历史资料中的思想是两码子事，不能混为一谈，既不是什么大的矛盾，也不能把账记在孔子头上，从这点上说孔子对天、鬼、神……看法的思想是革新而进步的，汉人尊孔却又从老祖宗那儿承继了光明崇拜一类的东西，倒只能说是一种退步。

③ 稷下的讨论大约在齐威王、齐宣王时期（公元前358年左右）到秦灭齐之前、荀况离齐以后（公元前221年），在齐国国都的城门——稷门之下（又说是稷山之下）有馆和讲室，在这里会聚了当时的文学游说之士"且数百千人"，最有名者七十六人，受到齐宣王的尊宠。这些人有齐国人，有来自别国的人，他们常会聚在这个文化中心，代表着不同政治观点和哲学流派，发表议论、互相辩论，向君王提出意见，乃至著书立说。这些人即有名的"稷下先生"。其中最有名的如荀况、邹衍、邹奭、淳于髡、田骈、接予、慎到、环渊、宋钘、尹文等人。其他如孟子、淳于越、韩非、李斯、公孙龙、邹忌等虽不一定是稷下先生，但据史籍记载，他们肯定与稷下有很深的关系。在春秋战国这一社会变革时期，他们各自代表着儒、法、阴阳等各家学说，在这儿进行争议、交流，

对当时社会政治的发展起了很大的作用。

④ 贾谊的《惜誓》中有那么些地方很清楚地在说明着屈原赋艺术构思的要义的："惜余年老而日衰兮，岁忽忽而不反。登苍天而高举兮，历众山而日远。观江河之纡曲兮，离四海之沾濡。攀北极而一息兮，吸沆瀣以充虚。……驰骛于杳冥之中兮，休息虖昆仑之墟，乐穷极而不厌兮，愿从容乎神明。涉丹水而驰骋兮，右大夏之遗风。黄鹄之一举兮，知山川之纡曲。再举兮，睹天地之圜方。临中国之众人兮，讬回飙乎尚羊。……念我长生而久仙兮，不如反余之故乡。……非重躯以虑难兮，惜伤身之无功。已矣哉！独不见夫鸾凤之高翔兮，乃集大皇之野。循四极而回周兮，见盛德而后下。"读者细心体会自明。

修订后记

《楚辞今绎讲录》自去年出版以来，作者和出版社都陆续收到一些读者意见，希望注得再详细一些，以便对于著者楚辞研究的整个思想体系、治学方法以及与这次讲课有关的一些问题有个较完整的认识。于是作者请他的助手、进修生及一些青年读者提出具体修订意见，然后由我把这些意见统一计划了一下，修订了一部分原文与注解中的错误之处，而重点是加详了一些旧注，将这些注中提到的与本书本章节有关的一些文章作了提要。这些文章在给进修生讲课时大都作为讲义发过，以便与课堂讲授的内容互相参证、互相补充。但在成书以后，由于缺少了这部分资料，呈现在读者面前的这本小册子中就出现了许多讲到而未能精深说明的问题。但这些印为讲义的文章又绝大多数收入了作者的《楚辞学论文集》及《楚辞通故》二书，这二书将于1983年陆续出版，如将这些文章作为附录放在书后，则不免有重沓无谓之嫌，因此用提要的方式来做介绍，既可使读者对这本小书有更深一层的了解，甚至引起大家更大的注意和兴趣，也从侧面完成了对作者的学术思想体系、治学方法的介绍，虽然仅是略见一斑的介绍。如果这本小书能引起读者更大的兴趣去读更多的书，懂更多的治学方法，自然是作者最热切的冀望了。

姜昆武

1982年12月于杭州

国家新闻出版广电总局

首届向全国推荐中华优秀传统文化普及图书

大家小书书目

国学救亡讲演录	章太炎 著 蒙 木 编
门外文谈	鲁 迅 著
经典常谈	朱自清 著
语言与文化	罗常培 著
习坎庸言校正	罗 庸 著 杜志勇 校注
鸭池十讲（增订本）	罗 庸 著 杜志勇 编订
古代汉语常识	王 力 著
国学概论新编	谭正璧 编著
文言尺牍入门	谭正璧 著
日用交谊尺牍	谭正璧 著
敦煌学概论	姜亮夫 著
训诂简论	陆宗达 著
金石丛话	施蛰存 著
常识	周有光 著 叶 芳 编
文言津逮	张中行 著
经学常谈	屈守元 著
国学讲演录	程应镠 著
英语学习	李赋宁 著
中国字典史略	刘叶秋 著
语文修养	刘叶秋 著
笔祸史谈丛	黄 裳 著
古典目录学浅说	来新夏 著
闲谈写对联	白化文 著
汉字知识	郭锡良 著
怎样使用标点符号（增订本）	苏培成 著
汉字构型学讲座	王 宁 著

诗境浅说	俞陛云　著
唐五代词境浅说	俞陛云　著
北宋词境浅说	俞陛云　著
南宋词境浅说	俞陛云　著
人间词话新注	王国维　著　滕咸惠　校注
苏辛词说	顾　随　著　陈　均　校
诗论	朱光潜　著
唐五代两宋词史稿	郑振铎　著
唐诗杂论	闻一多　著
诗词格律概要	王　力　著
唐宋词欣赏	夏承焘　著
槐屋古诗说	俞平伯　著
词学十讲	龙榆生　著
词曲概论	龙榆生　著
唐宋词格律	龙榆生　著
楚辞讲录	姜亮夫　著
读词偶记	詹安泰　著
中国古典诗歌讲稿	浦江清　著 浦汉明　彭书麟　整理
唐人绝句启蒙	李霁野　著
唐宋词启蒙	李霁野　著
唐诗研究	胡云翼　著
风诗心赏	萧涤非　著　萧光乾　萧海川　编
人民诗人杜甫	萧涤非　著　萧光乾　萧海川　编
唐宋词概说	吴世昌　著
宋词赏析	沈祖棻　著
唐人七绝诗浅释	沈祖棻　著
道教徒的诗人李白及其痛苦	李长之　著
英美现代诗谈	王佐良　著　董伯韬　编
闲坐说诗经	金性尧　著
陶渊明批评	萧望卿　著

古典诗文述略　　吴小如　著
诗的魅力
　　——郑敏谈外国诗歌　　郑　敏　著
新诗与传统　　郑　敏　著
一诗一世界　　邵燕祥　著
舒芜说诗　　舒　芜　著
名篇词例选说　　叶嘉莹　著
汉魏六朝诗简说　　王运熙　著　董伯韬　编
唐诗纵横谈　　周勋初　著
楚辞讲座　　汤炳正　著
　　汤序波　汤文瑞　整理
好诗不厌百回读　　袁行霈　著
山水有清音
　　——古代山水田园诗鉴要　　葛晓音　著

红楼梦考证　　胡　适　著
《水浒传》考证　　胡　适　著
《水浒传》与中国社会　　萨孟武　著
《西游记》与中国古代政治　　萨孟武　著
《红楼梦》与中国旧家庭　　萨孟武　著
《金瓶梅》人物　　孟　超　著　张光宇　绘
水泊梁山英雄谱　　孟　超　著　张光宇　绘
水浒五论　　聂绀弩　著
《三国演义》试论　　董每戡　著
《红楼梦》的艺术生命　　吴组缃　著　刘勇强　编
《红楼梦》探源　　吴世昌　著
《西游记》漫话　　林　庚　著
史诗《红楼梦》　　何其芳　著
　　王叔晖　图　蒙　木　编
细说红楼　　周绍良　著
红楼小讲　　周汝昌　著　周伦玲　整理

曹雪芹的故事	周汝昌　著　周伦玲　整理
古典小说漫稿	吴小如　著
三生石上旧精魂 ——中国古代小说与宗教	白化文　著
《金瓶梅》十二讲	宁宗一　著
中国古典小说名作十五讲	宁宗一　著
古体小说论要	程毅中　著
近体小说论要	程毅中　著
《聊斋志异》面面观	马振方　著
《儒林外史》简说	何满子　著

我的杂学	周作人　著　张丽华　编
写作常谈	叶圣陶　著
中国骈文概论	瞿兑之　著
谈修养	朱光潜　著
给青年的十二封信	朱光潜　著
论雅俗共赏	朱自清　著
文学概论讲义	老　舍　著
中国文学史导论	罗　庸　著　杜志勇　辑校
给少男少女	李霁野　著
古典文学略述	王季思　著　王兆凯　编
古典戏曲略说	王季思　著　王兆凯　编
鲁迅批判	李长之　著
唐代进士行卷与文学	程千帆　著
说八股	启　功　张中行　金克木　著
译余偶拾	杨宪益　著
文学漫识	杨宪益　著
三国谈心录	金性尧　著
夜阑话韩柳	金性尧　著
漫谈西方文学	李赋宁　著
历代笔记概述	刘叶秋　著

周作人概观	舒　芜　著
古代文学入门	王运熙　著　董伯韬　编
有琴一张	资中筠　著
中国文化与世界文化	乐黛云　著
新文学小讲	严家炎　著
回归，还是出发	高尔泰　著
文学的阅读	洪子诚　著
中国文学1949—1989	洪子诚　著
鲁迅作品细读	钱理群　著
中国戏曲	么书仪　著
元曲十题	么书仪　著
唐宋八大家 ——古代散文的典范	葛晓音　选译

辛亥革命亲历记	吴玉章　著
中国历史讲话	熊十力　著
中国史学入门	顾颉刚　著　何启君　整理
秦汉的方士与儒生	顾颉刚　著
三国史话	吕思勉　著
史学要论	李大钊　著
中国近代史	蒋廷黻　著
民族与古代中国史	傅斯年　著
五谷史话	万国鼎　著　徐定懿　编
民族文话	郑振铎　著
史料与史学	翦伯赞　著
秦汉史九讲	翦伯赞　著
唐代社会概略	黄现璠　著
清史简述	郑天挺　著
两汉社会生活概述	谢国桢　著
中国文化与中国的兵	雷海宗　著
元史讲座	韩儒林　著

魏晋南北朝史稿	贺昌群　著
汉唐精神	贺昌群　著
海上丝路与文化交流	常任侠　著
中国史纲	张荫麟　著
两宋史纲	张荫麟　著
北宋政治改革家王安石	邓广铭　著
从紫禁城到故宫 ——营建、艺术、史事	单士元　著
春秋史	童书业　著
明史简述	吴　晗　著
朱元璋传	吴　晗　著
明朝开国史	吴　晗　著
旧史新谈	吴　晗　著　习　之　编
史学遗产六讲	白寿彝　著
先秦思想讲话	杨向奎　著
司马迁之人格与风格	李长之　著
历史人物	郭沫若　著
屈原研究（增订本）	郭沫若　著
考古寻根记	苏秉琦　著
舆地勾稽六十年	谭其骧　著
魏晋南北朝隋唐史	唐长孺　著
秦汉史略	何兹全　著
魏晋南北朝史略	何兹全　著
司马迁	季镇淮　著
唐王朝的崛起与兴盛	汪　篯　著
南北朝史话	程应镠　著
二千年间	胡　绳　著
论三国人物	方诗铭　著
辽代史话	陈　述　著
考古发现与中西文化交流	宿　白　著
清史三百年	戴　逸　著

清史寻踪	戴　逸　著
走出中国近代史	章开沅　著
中国古代政治文明讲略	张传玺　著
艺术、神话与祭祀	张光直　著
	刘　静　乌鲁木加甫　译
中国古代衣食住行	许嘉璐　著
辽夏金元小史	邱树森　著
中国古代史学十讲	瞿林东　著
历代官制概述	瞿宣颖　著
宾虹论画	黄宾虹　著
中国绘画史	陈师曾　著
和青年朋友谈书法	沈尹默　著
中国画法研究	吕凤子　著
桥梁史话	茅以升　著
中国戏剧史讲座	周贻白　著
中国戏剧简史	董每戡　著
西洋戏剧简史	董每戡　著
俞平伯说昆曲	俞平伯　著　陈　均　编
新建筑与流派	童　寯　著
论园	童　寯　著
拙匠随笔	梁思成　著　林　洙　编
中国建筑艺术	梁思成　著　林　洙　编
沈从文讲文物	沈从文　著　王　风　编
中国画的艺术	徐悲鸿　著　马小起　编
中国绘画史纲	傅抱石　著
龙坡谈艺	台静农　著
中国舞蹈史话	常任侠　著
中国美术史谈	常任侠　著
说书与戏曲	金受申　著
世界美术名作二十讲	傅　雷　著

中国画论体系及其批评	李长之　著
金石书画漫谈	启　功　著　赵仁珪　编
吞山怀谷 ——中国山水园林艺术	汪菊渊　著
故宫探微	朱家溍　著
中国古代音乐与舞蹈	阴法鲁　著　刘玉才　编
梓翁说园	陈从周　著
旧戏新谈	黄　裳　著
民间年画十讲	王树村　著　姜彦文　编
民间美术与民俗	王树村　著　姜彦文　编
长城史话	罗哲文　著
天工人巧 ——中国古园林六讲	罗哲文　著
现代建筑奠基人	罗小未　著
世界桥梁趣谈	唐寰澄　著
如何欣赏一座桥	唐寰澄　著
桥梁的故事	唐寰澄　著
园林的意境	周维权　著
万方安和 ——皇家园林的故事	周维权　著
乡土漫谈	陈志华　著
现代建筑的故事	吴焕加　著
中国古代建筑概说	傅熹年　著
简易哲学纲要	蔡元培　著
大学教育	蔡元培　著 北大元培学院　编
老子、孔子、墨子及其学派	梁启超　著
春秋战国思想史话	嵇文甫　著
晚明思想史论	嵇文甫　著
新人生论	冯友兰　著

中国哲学与未来世界哲学	冯友兰　著
谈美	朱光潜　著
谈美书简	朱光潜　著
中国古代心理学思想	潘　菽　著
新人生观	罗家伦　著
佛教基本知识	周叔迦　著
儒学述要	罗　庸　著　杜志勇　辑校
老子其人其书及其学派	詹剑峰　著
周易简要	李镜池　著　李铭建　编
希腊漫话	罗念生　著
佛教常识答问	赵朴初　著
维也纳学派哲学	洪　谦　著
大一统与儒家思想	杨向奎　著
孔子的故事	李长之　著
西洋哲学史	李长之　著
哲学讲话	艾思奇　著
中国文化六讲	何兹全　著
墨子与墨家	任继愈　著
中华慧命续千年	萧萐父　著
儒学十讲	汤一介　著
汉化佛教与佛寺	白化文　著
传统文化六讲	金开诚　著　金舒年　徐令缘　编
美是自由的象征	高尔泰　著
艺术的觉醒	高尔泰　著
中华文化片论	冯天瑜　著
儒者的智慧	郭齐勇　著
中国政治思想史	吕思勉　著
市政制度	张慰慈　著
政治学大纲	张慰慈　著
民俗与迷信	江绍原　著　陈泳超　整理

政治的学问	钱端升　著　钱元强　编
从古典经济学派到马克思	陈岱孙　著
乡土中国	费孝通　著
社会调查自白	费孝通　著
怎样做好律师	张思之　著　孙国栋　编
中西之交	陈乐民　著
律师与法治	江　平　著　孙国栋　编
中华法文化史镜鉴	张晋藩　著
新闻艺术（增订本）	徐铸成　著
经济学常识	吴敬琏　著　马国川　编
中国化学史稿	张子高　编著
中国机械工程发明史	刘仙洲　著
天道与人文	竺可桢　著　施爱东　编
中国医学史略	范行准　著
优选法与统筹法平话	华罗庚　著
数学知识竞赛五讲	华罗庚　著
中国历史上的科学发明（插图本）	钱伟长　著

出版说明

“大家小书”多是一代大家的经典著作，在还属于手抄的著述年代里，每个字都是经过作者精琢细磨之后所拣选的。为尊重作者写作习惯和遣词风格、尊重语言文字自身发展流变的规律，为读者提供一个可靠的版本，“大家小书”对于已经经典化的作品不进行现代汉语的规范化处理。

提请读者特别注意。

北京出版社